AF200789

Das Buch

Der Ex-BKA-Ermittler Bernhard Maus wird an seinem ersten Urlaubstag vom Hamburger Polizeichef Strehlitz genötigt, sich eines brutalen Mordfalls anzunehmen. Dabei muss er mit der Hauptkommissarin Maria Dolores San Valentin zusammenarbeiten. Aufgrund seiner unkonventionellen Ermittlungsmethoden stößt er bei ihr zunächst auf wenig Gegenliebe.
Die beiden Kommissare bekommen es mit einem raffinierten Mörder zu tun, der vor nichts zurückschreckt. Die Anzahl der Opfer wächst und am Ende geraten sie in eine tödliche Falle.
Der erste Band dieser Krimireihe, mit dem Ermittler-Duo Maus und Valentin zeichnet sich auch durch situativen Wortwitz aus. Der Leser wird von Anfang an in eine spannende und mitreißende Mordermittlung hineingezogen. Die Handlung nimmt oftmals unerwartete Wendungen, bis zu einem fulminanten Showdown!

Der Autor

Kai-Uwe Wedel beginnt in diesem Buch mit dem Ermittler-Duo *Maus & Valentin* eine spannende Krimireihe. Er hat bereits mehrere Bücher veröffentlicht und ist zudem als Schauspieler in Norddeutschland bekannt. Darüber hinaus konnte er auch schon als Drehbuchautor und Filmemacher mit einem Thriller das Publikum begeistern. Schreiben ist dennoch eine Passion und ein besonderes Talent, dem er sich immer wieder gerne widmet, wenn er nicht gerade für eine Rolle vor der Kamera steht.

Kai-Uwe Wedel

Die Tote im Volkspark

Thriller

Bibliographische Informationen der Deutschen Nationalbibliothek:
Die Deutsche Nationalbibliothek verzeichnet diese Publikation in der
Deutschen Nationalbibliothek; detaillierte bibliographische Daten
sind im Internet über http://dnb.dnb.der abrufbar.

Für die Originalausgabe
Copyright ©2023 Kai-Uwe Wedel
Bild-Cover: Tom Wald
Herstellung und Verlag:
BoD - Books on Demand, Norderstedt
Umschlaggestaltung: K.U.Wedel
Printed in Germany
ISBN: 978-3-744-83714-9

Mit Schicksalsschlägen und traumatischen Erlebnissen sollte besser niemand allein bleiben, bevor sie zur Geißel oder zum Grab werden.

Anmerkung des Autors

PROLOG

Es war eine laue Sommernacht, aber Brigitte fragte sich trotzdem, warum sie sich auf diese verrückte Idee eingelassen hatte. Es war einfach viel zu spät geworden, um jetzt noch auf Schatzsuche zu gehen. Ihr neuer Lebensabschnittsgefährte hatte ihr zwar eine Wegbeschreibung gemacht, wo das Kästchen vergraben worden war, und eigentlich kannte sie sich im Volkspark auch ganz gut aus.

Dennoch hatte sie nur eine vage Vorstellung von dem Ort und es war mittlerweile zu dunkel für die blöde Aktion.

Obwohl der Vollmond schon durch die Baumwipfel schien, bereute Brigitte, dass sie nicht früher losgefahren war. Zusammen mit ihrem Freund hatte sie sich den ganzen Abend das Näschen gepudert und dann zu dieser Exkursion überreden zu lassen, um an noch mehr Stoff zu kommen.

Der Vollmond zog langsam über den Volkspark hinweg und spendete ihr gerade genug Licht, um sich nicht zu verirren. Der Waldweg war uneben und Brigitte stolperte manchmal über einen herumliegenden Ast oder ein kleines Schlagloch.

Auf einmal hörte sie ein Geräusch, das nicht von ihren eigenen Schritten stammte. Es kam ihr vor, als ob sie jemand beobachtete.

Sie blickte sich um und glaubte für einen Moment, eine Gestalt hinter einem Baum gesehen zu haben.

Verdammte Paranoia, dachte Brigitte bei sich, und beschleunigte ihre Schritte. Sie schaute immer mal wieder nach hinten über die Schulter, denn irgendwie beschlich sie das untrügliche Gefühl verfolgt zu werden.

Das deutliche Knacken und Bersten von mehreren Ästen versetzte sie in Panik. Plötzlich tauchte wenige Meter entfernt zwischen den Bäumen die Silhouette von einer vermummten Gestalt aus dem Unterholz auf. Brigitte erschrak sich zu Tode und begann zu laufen. Sie hastete zwischen den Bäumen hindurch, deren bedrohlich lange Schatten ihren Verfolger verdeckten. Sie blickte sich immer wieder panisch um. Dabei übersah sie einen Baumstumpf und fiel auf den Waldboden.

Brigitte trug ein buntes Sommerkleid, welches an mehreren Stellen aufzureißen begann. Sie schüttelte ihre langen blonden Haare, worin sich etwas Laub verfangen hatte und raffte sich mühsam auf. Einer Eingebung folgend, streifte sie ihre Pumps von den Füßen und warf die Treter arglos ins Gebüsch.

Brigitte verharrte sogleich in der Bewegung. Nicht weit von ihr entfernt brachen kaum hörbar ein paar Zweige. Das Geräusch ließ sie erstarren. Für einen kurzen Moment sah sie aus dem Augenwinkel ihren Verfolger von einem Baum zum anderen huschen. Adrenalin schoss wie ein Pfeil durch ihre Adern und löste erneut den Fluchtinstinkt aus.

Panisch und völlig orientierungslos hastete sie über

Stock und Stein. Einige Äste streiften ihren Körper an den Armen und Beinen. Sie rissen ihre Haut auf. Während Brigitte über den Waldboden lief, schürfte sie sich auch die nackten Füße auf. Dabei trat sie auf einen spitzen Stein und schrie vor Schmerz laut auf, humpelte aber blindlings weiter.

Eine Wolke verdeckte plötzlich das Mondlicht und dadurch übersah sie eine Böschung. Sie verlor das Gleichgewicht und purzelte hinunter. Benommen versuchte sie sich aufzurichten und sackte stöhnend zusammen.

Brigitte fasste sich mit einer Hand an den linken Fuß. Der Knöchel schmerzte höllisch und schien ihr wahrscheinlich gebrochen. Sie konnte unmöglich weiterlaufen und sah sich verzweifelt nach einem Versteck um.

Mit letzten Kräften robbte sie über den Waldboden in Richtung einer nahen Sänke und erblickte dabei eine finstere Gestalt die Böschung hinuntersteigen. Er war vollkommen in Schwarz gekleidet und hatte eine Sturmhaube über den Kopf gezogen.

Der Verfolger kam langsam auf Brigitte zu, die mit aufgerissenen Augen verängstigt vor ihm zurückwich. Er beugte sich über sie und umschloss mit seinen Händen ihren Hals.

»Bitte nicht – was wollen Sie von mir?«

Brigitte wehrte sich mit Händen und Füßen gegen den Angreifer. Ihre Fäuste prallten wirkungslos an seinem kräftigen Körper ab. Es störte ihn trotzdem, weshalb er sich einfach auf ihren Oberkörper setzte. Im Todeskampf umklammerte sie mit letzter Kraft seine Handgelenke.

»Ich mache alles, was ...«, flehte Brigitte verzweifelt, aber der Mann drückte ihre Kehle so fest zu, bis nur noch ein ersticktes Röcheln aus ihrem Mund kam. »Dafür ist es jetzt zu Spät!«, erwiderte der Mörder mit hämischem Unterton in der Stimme.

Langsam wurden ihre Augen glasig. Er ließ nicht locker, bevor ihre Arme erschlafft zu Boden fielen. Der Kopf seines Opfers kippte kraftlos auf die Seite. Er zog seine Sturmhaube ab und beugte sich über den leblosen Körper. Er wischte ihr die zerzausten blonden Haare aus dem Gesicht und gab ihr einen Todeskuss auf die Stirn.

»Du hättest dich nicht mit diesem Mistkerl einlassen dürfen«, flüsterte er, wobei ihm ein eiskaltes Lächeln über die Lippen huschte.

Danach richtete er sich auf und ging um sie herum. Er packte sie mit beiden Händen unter ihren Armen und schleifte sie durch das Unterholz. Es fiel ihm schwerer als er dachte und nach kurzer Zeit gab er auf. Eigentlich wollte er sie etwas tiefer im Wald verscharren, aber es begann schon zu dämmern. Er hielt kurz inne und überlegte, was er jetzt machen sollte. In dem Augenblick ertönte das Gebell eines Hundes.

»Scheiße, ein verdammter Köter hat mir jetzt gerade noch gefehlt!«

Er ließ den Oberkörper einfach los. Der dumpfe Aufprall ließ ihn selbst zusammenzucken. Plötzlich hörten sich alle Geräusche in seinen Ohren viel lauter an. Er bekam Panik und wollte so schnell wie möglich verschwinden, als unweit von ihm jemand näher kam.

Er durfte jetzt keine Zeit verlieren. Vermutlich war es ein Spaziergänger, der seinen Hund Gassi führte. Er rannte durch das Unterholz auf die Böschung zu und kämpfte sich mit großen Schritten den Hang hinauf. Er blickte nicht zurück und verschwand wie ein Geist in der Morgendämmerung.

KAPITEL 1

Bernhard Maus lag in einem großen Doppelbett auf einer Boxspring-Federkernmatratze neben Alina im seligen Tiefschlaf. Das Schlafzimmer befand sich in der oberen Etage einer Doppelhaushälfte.

Vereinzelte Sonnenstrahlen fielen schräg durch einen großen Schlitz am Fenstervorhang. Sie trafen Bernhards Füße, welche aus der Bettdecke herausragten. Seine Zehen bewegten sich kurz, bevor die Sonnenstrahlen langsam aber beständig weiter über die Bettdecke wanderten und nach einiger Zeit sein Gesicht streiften.

Die Sonne war an diesem herrlichen Sommertag schon vor langer Zeit aufgegangen. Aus einer halbgeöffneten Schublade vom Kleiderschrank quoll Unterwäsche heraus. Auf einem Schminktisch mit Beleuchtung lagen ungeordnet Kosmetikartikel von Alina herum und daneben auf dem Bettvorleger ihr achtlos hingeschmissener String-Tanga.

Ein enervierender Signalton drang wiederholt ins Schlafzimmer. Bernhards Augenlider begannen zu zucken, bevor er die Augen schließlich öffnete. Er blinzelte und schirmte mit der rechten Hand sein Gesicht ab. Dann warf er Alina einen Blick zu, die aber ungerührt weiterzuschlafen schien. Ihre langen braunen Haare vielen über die Rundungen ihrer Brüste, die halb von der Bettdecke verhüllt wurden. Bernhard drehte sich zum Nachttisch neben seinem

Bett und tastete von Sonnenstrahlen geblendet nach dem Wecker. Dabei stieß er ein leeres Whiskyglas um. Er schnappte sich genervt den Wecker, aber die Ziffern verschwammen vor seinen Augen.

Er schmiss den Wecker über seine Schulter hinter sich auf die Bettdecke und richtete sich im selben Moment auf. Sein Schädel wurde von einem bösen Kater traktiert und fühlte sich schwer an.

»Verdammt! Der Morgen fängt ja gut an«, brummte er mit schmerzverzerrter Miene und ließ sich aufs Bett zurückfallen.

Erneut erklang einmal mehr ein Signalton, der, wie Maus erst jetzt erkannte, nicht von seinem Wecker stammte. Er kam aus dem Erdgeschoss und wollte einfach nicht verstummen.

Mühsam raffte er sich wieder auf und streifte seine vor dem Bett liegenden Boxershorts über. Vor dem Schlafzimmer befand sich ein kleiner Vorraum, mit einer großen Schuhkommode nebst Sitzgelegenheit. Er durchquerte ihn und warf einen Blick in sein Arbeitszimmer. Das Telefon auf dem Schreibtisch gab keinen Laut von sich. Zwischen dem Arbeits- und Schlafzimmer befand sich eine Treppenflucht. Maus entschied sich nicht in das Bad zu gehen und schlurfte hinunter ins Wohnzimmer.

Obwohl das Wohnzimmer mit großer Eckcouch nebst Panoramafenster, einem edlen Mahagoni-Tisch, einem großen Standregal, worin jede Menge Bücher ihren Platz hatten, einem Medienboard mit

DVD-Player und Empfangsmodul für den großen Fernseher, welcher mittels einer Wandhalterung darüber angebracht worden war, einen modern eingerichteten Eindruck machte, sah es dennoch ziemlich chaotisch darin aus. Alle möglichen Klamotten lagen auf der Couch und dem Boden verstreut herum, inklusive eines BHs und einem Schlüpfer.

Auf dem Wohnzimmertisch standen drei halbvolle Flaschen mit Tequila, Whiskey und Coca-Cola. Daneben ergänzten zwei Gläser und ein voller Aschenbecher mit halb abgebrannter Zigarette das Stillleben, aber sein Mobiltelefon konnte Maus nirgendwo sehen. Es bimmelte nach wie vor ohne Unterlass.

Maus ging zur Couch und wühlte ein paar darauf liegende Klamotten beiseite. Fehlanzeige! Er suchte weiter und fand das Mobiltelefon schließlich in einer Ecke von der Couch unter einem Zierkissen.

Er schnappte sich das Smartphone, ließ sich auf die Couch fallen und drückte genervt die Freisprech-Taste.

»Maus! Verdammt noch mal, wo stecken Sie so lange? Ich rufe bereits zum dritten Mal bei Ihnen an«, sagte Strehlitz mit vorwurfsvollem Unterton in der Stimme.

»Chef, Sie haben sich wohl verwählt. Heute ist mein erster Urlaubstag und ich leg jetzt«, erwiderte Maus trotzig, wurde aber von seinem Chef unterbrochen.

»Der ist jetzt vorbei – wir haben ein Problem!«

»Würde eher sagen, Sie haben ein Problem, wenn Sie mich am frühen Morgen …«

»Früher Morgen? Es ist halb Zehn durch und Sie bewegen jetzt sofort ihren Arsch in Richtung Volkspark, wo …«

Maus drückte auf eine rote Taste und trennte damit die Verbindung. Danach machte er eines der Gläser, die vor ihm auf dem Tisch standen, mit Single Malt aus der Whiskey-Flasche voll und zündete sich die halb abgebrannte Zigarette aus dem Aschenbecher an. Er nahm einen tiefen Zug von der Zigarette und kippte sich den Whiskey hinter die Binsen.

Langsam erwachten seine Lebensgeister und dann bimmelte das Smartphone nochmal.

»Hören Sie, Maus. Sie sind im Moment der einzige verfügbare Kommissar in unserem Dezernat«, sagte Strehlitz flehend.

»Wo steckt denn Burghof?«

»Hat sich heute Morgen krankgemeldet.«

»Was ist mit Michaelis und Ludwig?«, fragte Maus.

»Die sind auf Fortbildung in München. Verdammt Maus, jemand hat eine Leiche im Volkspark Altona gefunden. Da ist der Teufel los! Spurensicherung und Ermittler sind schon vor Ort. Fragen Sie nach Kommissar Valentin.«

»Ähm – Strehlitz, das ist nicht unser Revier. Da sind wir nicht zuständig und außerdem wissen Sie ganz genau, dass ich lieber alleine arbeite!«, erwiderte Maus gereizt.

»Jetzt reißen Sie sich mal zusammen und kommen endlich in die Hufe. Das kommt von ganz oben. Ab jetzt helfen Sie der Mordkommission Altona bei den Ermittlungen!«, sagte Strehlitz energisch.

»Was machst du hier unten? Komm wieder zu mir ins Bett.«

Maus drehte verwundert seinen Kopf in Richtung Treppenaufgang. Dort stand Alina ohne BH, nur im String-Tanga und sah schlaftrunken zu ihm rüber.

»Gleich, Schatz - ich muss hier nur noch schnell was klären«, sagte Maus irritiert.

Ihre Brüste wippten leicht auf und ab, während sie anmutig auf ihn zukam. Sie beugte sich absichtlich nach vorne, um sich an ihm vorbeizuschlängeln. Dabei streiften ihre Nippel sein Kinn. Maus Libido begann sich zu regen, als Alina sich neben ihn auf die Couch setzte.

Sie nahm Maus die Zigarette aus der Hand, machte einen Zug, und gab sie ihm wieder zurück.

»Sind Sie nicht allein, Maus?«, fragte Strehlitz nach dieser langen Pause verunsichert.

»Was denken Sie denn? Ich fliege in zwei Tagen mit meiner Freundin – für wen hole ich jetzt eigentlich die Kohlen aus dem Feuer? Für sie, oder für …«

»Tun Sie mir den Gefallen und fahren jetzt dahin. Sie wissen genauso wie ich, dass sich die Reviere wegen Personalmangel manchmal Amtshilfe leisten müssen!«, sagte Strehlitz wie gewohnt bestimmend.

»Also gut, Chef. Aber in zwei Tagen sitze ich im

Flieger und mache Urlaub in ...«, wandte Maus ein.
»Halten Sie mich auf dem Laufenden!«, unterbrach
Strehlitz Maus und dann klickte es unüberhörbar in
der Leitung.

Maus drehte sich zu seiner Freundin und sah Alina
enttäuscht an. Sie ergriff das Mobilteil und schmiss
es auf das andere Ende vom Sofa. Dann begann sie
am linken Ohr von Maus zu knabbern und fuhr mit
ihrer linken Hand langsam über seinen Bauch. Als
sie zwischen seinen Beinen herumfummelte, schob
Maus ihre Hand sanft weg.

»Schatz – ich muss leider wegen Personalmangels
was erledigen.«

»Wenn du jetzt abhaust, dann herrscht hier auch
chronischer Personalmangel!«

Alina zog Maus die Boxershorts runter. Sie senkte
ihren Kopf und fuhr mit der Zunge über seinen
Bauchnabel. Dann wanderte ihre Zunge weiter.
Maus konnte seine Erregung nur schwer im Zaum
halten.

»Du kleines Luder – die Pflicht ruft«, brachte Maus
nur noch halbherzig hervor.

»Genau deshalb lieb ich dich so sehr, weil du so
pflichtbewusst bist«, hauchte Alina verführerisch.

Maus erwiderte zögernd ihre reizvollen Avancen
und streichelte sanft ihre schlanken Beine. Alina
spreizte ihre Schenkel und setzte sich auf ihn. Maus
grunzte erregt und küsste Alina leidenschaftlich.

KAPITEL 2

Kommissar Maus ließ den Haupteingang zur Wiese vom Innocentiapark links liegen. Er hatte keinen blassen Schimmer, wo sich der vermeintliche Tatort befand und der Volkspark war sehr groß. Also fuhr er mit seinem Saab 9-3 einfach weiter die August-Kirch Straße hinunter an einer Kleingartensiedlung vorbei und hoffte inständig, dass ihm irgendwo parkende Polizeiautos auffallen würden.

An der Ecke Schulgarten-Weg wurde schließlich seine Vermutung bestätigt, wo ihm jede Menge Einsatzfahrzeuge der Polizei und auch eine ganze Reihe PKWs die Weiterfahrt unmöglich machten.

Er stellte seinen Wagen hinter einem blauen VW Bulli T4 ab und ging zu Fuß weiter. Gegenüber vom Schulgartenweg befand sich ein Seiteneingang mit einer Schranke, wo ein Polizeibeamter gelangweilt eine Zigarette rauchte.

»Moin, Kripo Hamburg – wo finde ich den Tatort?« Der Streifenpolizist musterte Maus mit kritischem Blick. Nordisch schlanker Typ mit blonden Haaren, energische Gesichtszüge, ziemlich großer Nase und hellbraun gecheckter Lederjacke in Schlammfarbe. Dann entdeckte er die Dienstwaffe, eine Walther P99, die Maus völlig unkonventionell in Hüfthöhe am Gürtel verkehrt herum im Holster trug.

»Ein Stück den Weg hier rauf, dann den rechten Waldweg entlang und nach ungefähr fünfzig Meter wieder rechts in den Wald abbiegen. Nach einer Weile sehen Sie dann die Kollegen.«

Maus nickte und ging wortlos an dem Beamten vorbei. Auf dem Waldweg angekommen, zündete er sich auch eine Zigarette an, während er mehrere Spaziergänger überholte, was ihn an einem warmen Sommertag nicht erstaunte. Sonnenstrahlen fielen durch die Baumwipfel und es war im Wald nicht so brütend heiß, wie in der Stadt.

Schließlich gelangte er an einen Pfad, der vor nicht allzu langer Zeit in den Waldboden getrampelt wurde. Jedenfalls sahen die Fußspuren ganz frisch aus. Aus einiger Entfernung hörte er abgehacktes Stimmengewirr.

Bernhard Maus näherte sich missmutig einem Pulk von Schaulustigen und Reportern, die sich an einer Absperrung wie Schlachtvieh vor der Keulung herum drängelten. Mehrere Polizisten versuchten sie irgendwie im Zaum zu halten, während er sich mühsam einen Weg durch die Menge bahnte.

Der Fundort mit der Leiche war weiträumig mit rot-weißen Flatterbändern abgesperrt. Maus hob das in Hüfthöhe positionierte Band mit einer Hand hoch. Bevor er darunter hindurchschlüpfen konnte, kam ein Streifenpolizist auf ihn zugelaufen.

»Halt – Moment mal, Sie können hier nicht einfach so durch!«, sagte der Beamte lautstark und drängte ihn zurück. Kommissar Maus erkannte am Revers, dass es sich um einen Hauptwachtmeister handelte.

Ein kleines Schild über der linken Brusttasche wies ihn namentlich als *Brandt* aus.

»Maus, Kommissariat Mitte!«

Ein paar Reporter bestürmten ihn sofort mit Fragen, machten Fotos. Eine ganz besonders hartnäckige Journalistin hielt ihm ein Mikrofon unter die Nase. Maus schob das Mikro weg, aber die Journalistin wich ihm nicht von der Seite.

»Das ist Sache der Mord-Kommission Altona hier! Können Sie sich ausweisen?«, fragte Hauptwachtmeister Brandt und sah ihn herablassend an.

»Soll das'n Witz sein?«

Die Journalistin ließ nicht locker und bedrängte ihn wiederholt. Sie hielt ihm hartnäckig das Mikrofon vors Gesicht, während Maus in den Taschen seiner Lederjacke erfolglos seinen Dienstausweis suchte. Anscheinend hatte er nach dem Quickie mit Alina vergessen die Brieftasche einzustecken, worin sich auch seine Polizeimarke befand.

»Würden Sie uns sagen, was hier geschehen ist. Ich habe Informationen über eine Tote im Unterholz! Können Sie das bestätigen?«

Maus ignorierte die Frage der Journalistin und wendete sich an Hauptwachtmeister Brandt.

»Ich fürchte, ich hab heute Morgen die falsche Jacke erwischt«, sagte Maus nach einer Weile genervt.

Währenddessen kamen noch mehr Schaulustige aus dem Volkspark dazu. Durch das Gedrängel an der Absperrung entwickelten sich bei dieser größeren

Menschenansammlung tumultartige Szenen. Eine Polizistin kam angelaufen und hielt ein paar Leute zurück, die von den Nachkommenden gegen die Absperrung geschoben wurden.

»Treten sie bitte einen Schritt zurück und bleiben sie vor der Absperrung!«, schrie die junge Polizistin verzweifelt.

Eine dunkelhaarige Frau in grauen Cargo-Jeans und modischer Lederjacke kam an die Absperrung. Sie war recht attraktiv, ziemlich groß, und drängte Hauptwachtmeister Brandt einfach zur Seite. Sie hatte bemerkt, dass die Lage an der Absperrung langsam drohte, außer Kontrolle zu geraten.

»Das ist ein Tatort. Gehen sie wieder nach Hause!«, forderte Valentin die Leute mit ernster Miene auf. Die Journalistin neben Maus streckte den Arm aus und hielt ihr sofort das Mikrofon vors Gesicht.

»Wie heißt das Opfer?«

»Ich gebe der Presse kein Interview«, erwiderte Valentin und sah auch Maus abweisend an.

»Verdammt nochmal, ich bin nicht von der Presse«, entgegnete Maus genervt.

»Beruhigen Sie sich. Wer sind Sie und was wollen Sie?«

»Ich wiederhole mich ja nur ungern. Kommissariat Mitte ...«

»Bernhard Maus?«, fragte Valentin ungläubig.

»Selbstredend!«

»Sie sind spät dran.«

Valentin drehte sich einfach wortlos um und ging in Richtung des Leichenfunds. Hauptwachtmeister Brandt hob zögernd das Flatterband hoch. Maus duckte sich durch und folgte mit schnellen Schritten Valentin.

Mehrere Reporter begannen wild durcheinander zu schreien und zu rufen. Sie wollten unbedingt ein Interview erzwingen.

»Es ist ihre Pflicht uns zu sagen, was hier los ist!«, rief die Journalistin anklagend.

»Die Öffentlichkeit hat ein Recht auf Information!«, schrie ein anderer Reporter auffordernd, während sich die beiden Kommissare von der Absperrung entfernten.

Maus holte Valentin schließlich ein und schaute sie verunsichert von der Seite an.

»Ich nehme an, Sie sind hier wohl die ermittelnde Kommissarin.«

Valentin blieb unvermittelt stehen und hielt Maus zum Gruß die rechte Hand hin.

»Hauptkommissarin Valentin, Mordkommission Altona.«

Maus musterte sie kritisch und schüttelte zögernd ihre Hand. Demzufolge war sie in diesem Fall seine Vorgesetzte. Davon hatte Strehlitz nichts gesagt, dachte Maus und holte eine Zigarette aus seiner Jackentasche. Er steckte sie in den Mundwinkel und wollte sie anzünden. Valentin reagierte blitzschnell und schnappte Maus die Zigarette aus dem Mund.

»Rauchen ist am Tatort nicht erlaubt!«

Maus fühlte sich wie ein Notnagel, den man an der falschen Stelle eingeschlagen hatte. Sein Boss hatte ihn überrumpelt und das ging ihm gewaltig gegen den Strich.

»Na das fängt ja gut an. Wir kennen uns kaum und schon machen Sie mir Vorschriften.«

»El fumar es mortal«, sagte Valentin trocken.

Maus machte einen verdutzten Gesichtsausdruck. Er konnte kein Spanisch, wusste aber trotzdem, was sie meinte: *„Rauchen ist tödlich!"*

* * * * *

Das Gelände war großräumig abgesperrt und es wimmelte von Beamten der KTU, welche auch im Polizei-Jargon gerne „Spusi" genannt wurden. An verschiedenen Stellen auf dem Waldboden standen kleine Schilder mit Zahlen drauf, die gefundene Spuren markierten. Diese waren zusätzlich mit Sicherheitsbändern in niedriger Höhe eingekreist. An einigen von diesen Fundorten stand ein Beamter mit Fotoapparat und dokumentierte damit diverse Spuren.

Die beiden Kommissare waren mittlerweile bei der Leiche angekommen. Es handelte sich offensichtlich um eine Frau mit blonden Haaren. Sie war hübsch, hatte aber jede Menge Abschürfungen und Wunden an den Armen und Beinen. Das lange Sommerkleid wies an mehreren Stellen Risse auf. Der Täter hatte ihr hübsches Gesicht ziemlich übel zugerichtet. Ein Gerichtsmediziner hockte neben der Leiche und schien sehr beschäftigt. Er trug wie alle Beamten am Tatort einen weißen Overall mit entsprechender Aufschrift auf dem Rücken, Gummihandschuhe und Plastiküberzieher an den Schuhen. Neben ihm lag ein silberner Alukoffer mit medizinischen und kriminaltechnischen Utensilien. Er untersuchte die oberflächlichen Wunden im Gesicht und machte mit Wattestäbchen Abstriche davon, die er danach in ein Röhrchen steckte und verschloss.

Der Mediziner war untersetzt, von kräftiger Statur und hatte schwarze kurzgeschnittene Haare.

Maus hatte schon genug Leichen gesehen, konnte sich aber bis heute nie an den schrecklichen Anblick gewöhnen. Ihm wurde langsam übel und er steckte sich erneut eine Zigarette an.

Valentin sah ihn strafend an, während er die Asche in einem Astloch verschwinden ließ.

»Hat die Blondine etwa zu viel geraucht?«, fragte Maus zynisch.

Der Gerichtsmediziner musterte ihn mit stoischer Miene, nahm daraufhin ein Tablet zur Hand und begann sich Notizen zu machen. Offenbar konnte ihn nichts aus der Ruhe bringen.

»Ob die junge Dame geraucht hat, wissen wir noch nicht. Aber sie hat am Ende auf jeden Fall nicht mehr genug Luft bekommen«, erklärte Westpfahl.

»Wurde sie erdrosselt?«, fragte Maus, mit Blick auf

die dunklen Verfärbungen am Hals der Blondine. »Mögliche Asphyxie und Asystolie.«

»Sind die Verletzungen an den Extremitäten, post mortem entstanden?«

»Das bestimmt nicht. Sind aber auch nicht die Todesursache«, sagte Westpfahl.

»Wurde sie vergewaltigt?«, wollte Maus wissen und machte einen Zug an seiner Zigarette.

»Warten Sie doch das Ergebnis der Autopsie ab, dann kann ich Ihnen mehr dazu sagen.«

»Haben Sie das Opfer wenigstens identifiziert?«, wollte Maus jetzt von Valentin wissen und schaute sie dabei forschend an. Er hatte das Gefühl, als müsse er den Kollegen alles aus der Nase ziehen, um ins Bild gesetzt zu werden.

»Nein, bis jetzt wissen wir noch nichts«, erwiderte Hauptkommissarin Valentin.

»Und – ist der Fundort auch der Tatort?«, fragte Maus und ließ nicht locker.

»Die Leiche wurde hier vom Täter im Unterholz abgelegt und unbedeckt so liegen gelassen«, sagte Dr. Westpfahl und legte das Tablet zur Seite.

Hauptkommissarin Valentin wendete sich an Maus und deutete kurz auf eine markierte Stelle, wo eine Kriminaltechnikerin gerade Fotos machte.

»Drüben haben wir einen Fußabdruck gefunden!« Valentin machte sich auf den Weg und Kommissar Maus verabschiedete sich vom Gerichtsmediziner, der mit einer auffordernden Handbewegung einen

Kriminaltechniker mit Fotoapparat zu sich winkte.

»Danke!«, sagte Maus

»Dafür nicht«, sagte Westpfahl erleichtert, endlich wieder ungestört weiter machen zu können.

Er murmelte halblaut: „Wer war das denn?", und wendete sich an den nun hinter ihm stehenden Kriminaltechniker, der bereits seine Kamera schon im Anschlag hielt.

»Machen Sie bitte von dem geschwollenen Knöchel hier eine Großaufnahme«, sagte er mit Blick auf den linken Fuß.

* * * * *

Maus stand neben Valentin und musterte einen Schuhabdruck im Waldboden, der gerade von einer Kriminaltechnikerin fotografiert wurde.

»Das Opfer hatte keine Schuhe an«, stellte Maus mit einem Blick über die Schulter zum Leichenfundort fest.

Kriminaltechnikerin Stein ging in die Hocke, um den Schuhabdruck aus einer anderen Perspektive zu fotografieren.

»Aber wir haben diesen Schuhabdruck hier, den der Täter vergessen hat zu verwischen«, murmelte die Kriminaltechnikerin ein wenig stolz mehr zu sich selbst.

»Welche Schuhgröße?«, fragte Valentin neugierig.

»Einen Moment, das haben wir gleich«, sagte die Kriminaltechnikerin und holte ein Maßband aus ihrer Tasche, womit sie sogleich den Abdruck von der Fußspitze bis zur Verse abmaß.

»Ziemlich genau Schuhgröße 43«, antwortete Stein.

»Die Hälfte aller deutschen Männer hat Schuhgröße 43!«, stellte Valentin enttäuscht fest.

»Das bringt uns jetzt nicht weiter. Aber besonders viel Mühe hat sich der Täter auch nicht gemacht, keine Spuren zu hinterlassen«, bemerkte Maus.

»Sieht ganz danach aus«, erwiderte Valentin.

»Ich werd mich mal umsehen«, entschied Maus und ging zu der direkt vor ihm liegenden Absperrung. Als er das Flatterband anheben wollte, überreichte ihm die Kriminaltechnikerin Stein netterweise ein Paar Gummihandschuhe und einige Plastiktütchen.

* * * * *

Kommissar Maus stopfte die Gummihandschuhe in seine Jackentasche und zog alleine los. Er begann sofort den Waldboden nach Fußspuren abzusuchen. In einem anderen Leben war er beim BKA einer der erfolgreichsten Ermittler gewesen. An den Grund für seine Versetzung in den normalen Polizeidienst wollte er jetzt lieber nicht denken. Nachdem ihm klar wurde, dass der Fundort nicht der Tatort sein konnte, musste es logischerweise noch mehr Spuren geben.

Um die Identität des Opfers feststellen zu können, sollte man wissen, warum sie mitten in der Nacht im Volkspark war. Wie war sie hier hergekommen?

Warum war sie spät Abends hier herum gelaufen? Kannte sie ihren Mörder und hatte sich mit ihm verabredet?

Das waren die Fragen, die ihm gerade durch den Kopf gingen, während er sich immer weiter vom Fundort der Leiche entfernte. Maus schaute sich ringsherum die Bäume und Büsche genau an.

Ein abgebrochener kleiner Zweig von einer Birke machte ihn stutzig. Er untersucht die Bruchstelle und bemerkte, dass sie frisch war. Valentin schaute aus einiger Entfernung nachdenklich zu ihm hinüber.

Er entdecke mehrere frisch abgebrochene Zweige an den Büschen, weshalb er sicher sein konnte, dass er auf der richtigen Spur war, denn Abdrücke von nackten Füßen glaubte er nicht zu finden.

Maus wollte schon weitergehen, als ihm ein kleiner Stofffetzen auffiel, der an einem vermoderten Ast hing. Er streifte einen Gummihandschuh über die rechte Hand und griff sich den Stofffetzen. Danach holte er ein Plastiktütchen aus der Jackentasche, ließ den Stofffetzen hineinfallen und versiegelte die Öffnung.

Maus wanderte weiter und folgte neugierig einem kleinen Pfad. Er guckte sich dort gründlich um. Zwischen den Zweigen eines Busches sah er einen hellblauen Schimmer. Er beugte sich runter und fand ein paar Pumps.

Maus schaute sich um. Jetzt entdeckte er doch noch

einige Fußabdrücke auf dem Waldboden. Sie lagen weit auseinander. Er zog einen der Pumps aus dem Gestrüpp und kehrte damit zum Leichenfundort zurück. Valentin unterhielt sich gerade mit einem der Kriminaltechniker, als er zu ihnen stieß.

»Wo haben Sie den gefunden?«, fragte Valentin sichtlich erstaunt.

»Im Dickicht dort drüben liegt noch einer, inklusive jeder Menge Fußabdrücke«, sagte Maus und holte triumphierend die Plastiktüte mit dem Stofffetzen aus der Tasche seiner Lederjacke.

»Und das hing ganz in der Nähe an einem Ast.«
Valentin musterte den Stofffetzen und verglich ihn mit dem Kleid der Toten. Brandt sah neugierig von der Absperrung aus zu ihnen herüber.

»Ist das gleiche Muster! Dann wissen wir jetzt, aus welcher Richtung sie kam.«

»Und das der Fundort nicht der Tatort sein kann!«
»Falls die Schuhe dem Opfer gehören sollten, dann ist sie vermutlich vor jemandem geflüchtet«, stellte Valentin abschließend fest.

»Mit Sicherheit!«, bestätigte Maus schlussfolgernd.
Valentin drehte sich um und wendete sich an die Kriminaltechniker und die Spurensicherung.

»Alle mal herhören - es gibt unweit von hier noch weitere Spuren. Kommissar Maus wird ihnen diese Stellen zeigen!«
Einfach Anweisungen über seinen Kopf hinweg zu machen, schmeckte Maus überhaupt nicht. Er eilte

Valentin wutentbrannt hinterher, die schon unterwegs in Richtung Absperrung war.

»Und was machen Sie jetzt, wenn ich fragen darf?«, rief Maus lauthals, um auf sich aufmerksam zu machen?

Hauptkommissarin Valentin drehte sich überrascht um, setzte aber ihren Weg zur Absperrung fort, wo Hauptwachtmeister Brandt mit anderen Polizisten immer noch Leute in Schach zu halten versuchte.

»Ich fahre jetzt ins Kommissariat zurück um einen Bericht zu schreiben!«

»Wer hat die Tote eigentlich gefunden?«, fragte Maus neugierig, als er sie endlich eingeholt hatte. Valentin blieb plötzlich abrupt stehen und hielt kurz inne, weil sie an der Absperrung sah, wie die Reporter ihre Kameras und Mikrofone in Anschlag brachten. Maus bemerkte, dass seine Vorgesetzte keine Lust auf den Trubel hatte.

»Der Förster! Semmel heißt der, glaube ich«, sagte Valentin zögernd.

»Sollten wir dem nicht mal ein Besuch abstatten?«, fragte Maus verdutzt.

»Der hat seine Aussage schon zu Protokoll gegeben, aber machen Sie doch, was Sie wollen«, erwiderte Valentin kurz angebunden und stürzte sich daraufhin in das Getümmel an der Absperrung.

KAPITEL 3

Der Hamburger Volkspark in Altona, zweifellos einer von den größeren Parks neben dem Stadtpark, hatte seinen urtümlichen Charakter bewahrt. Bei der Gestaltung orientierte man sich an denen in der Natur vorhandenen Materialien. Dazu gehörte auch ein ausgedehntes Waldgebiet.

Allerdings kannte sich Kommissar Maus dort nun überhaupt nicht aus, genauso wenig wie in der Hansestadt. Er war vor noch nicht allzu langer Zeit nach Hamburg strafversetzt worden. Er hoffte bald wieder in seine Heimatstadt Bonn zurückzukehren, wo er beim BKA glaubte, wichtigere Arbeit leisten zu können.

Maus rangierte seinen schwarzen Saab an etlichen Schlaglöchern auf einem Feldweg vorbei. Deutliche Geräusche am Unterboden verhießen nichts Gutes. Er befürchtete, dass bei dieser Exkursion auf der Suche nach dem Forsthaus der Auspuff abreißen könnte und wünschte sich in einem SUV zu sitzen. Er war mehrmals falsch abgebogen, obwohl ihm Hauptwachtmeister Brandt eine Wegbeschreibung gemacht hatte.

Dieser Feldweg befand sich am äußeren Rand des Waldes und beschrieb einen weiten Bogen, der nach etwa zweihundert Metern endete. Dort erblickte Maus endlich die Zufahrt mit einem Schild auf dem undeutlich Forsthaus stand. Als er auf den Kiesweg einbog, stürmte ein grobschlächtiger Mann aus dem Forsthaus, der wild mit den Armen herumfuchtelte. Maus fuhr einfach weiter bis zu einem größeren Platz neben dem Forsthaus und stoppte den Wagen vor einem Lattenzaun, der eine dahinter liegende Wiese abgrenzte. In dem Augenblick ertönte wildes Gebell, das von einem Rauhaardackel stammte, der sich zwischen den Holzlatten durchzwängte.

Gleichzeitig baute sich ein großer kräftiger Kerl mit deutlichem Bauchansatz, graumelierten welligem Haarschopf und Vollbart vor der Fahrertür auf. Maus ließ per Knopfdruck das Seitenfenster runter.

»Sie können hier nicht parken. Ich erwarte gleich eine größere Holzlieferung«, sagte der Mann eigenartig aufgeregt.

Maus blickte sich verwirrt um, bis er schräge hinter sich einen Verschlag entdeckte, wo noch Reste von Baumstämmen zu erkennen waren.

»Sind Sie Förster Semmel?«

»Was glauben sie denn – machen sie Landgewinn!«

Maus stellte demonstrativ den Motor ab, öffnete abrupt die Fahrertür von seinem Auto, weshalb der Förster gezwungenermaßen beiseite treten musste. Er stieg vom Fahrersitz runter und klappte seine Brieftasche auf, welche er überraschenderweise im Handschuhfach gefunden hatte, worin sein Polizeidienstausweis deutlich zu sehen war.

»Maus, Mordkommission! Ich habe noch ein paar Fragen!«

Der Dackel begann zu knurren, hielt sich aber zurück. Sein Herrchen wirkte sichtlich nervöser und fuhr sich mit der rechten Hand unwirsch durch die Haare.

»Ich habe dem Polizisten heute Morgen schon alles gesagt, was ich weiß!«

Maus setzte sich in Bewegung und schaute sich neugierig auf dem Gelände um. Der Förster lief ihm widerwillig hinterher. Sein Hund machte Anstalten, Maus in die Waden zu beißen. Er schnappte nach der Hose und wich ihm nicht von der Seite.

Maus hob einen herumliegenden Ast auf und schmiss ihn so weit weg, wie er konnte. Der Dackel rannte sofort los.

Maus kam an einem großen alten Schuppen vorbei, dessen Tor halb offen stand, und warf einen Blick hinein. Darin waren jede Menge Gerätschaften für die Waldarbeit abgestellt, wovon allerdings einige schon ziemlich viel Rost angesetzt hatten.

»Wann haben Sie die Leiche gefunden?«, fragte Maus und sah den Förster herausfordernd an.

»In der Frühe auf meinem Rundgang.«

»Geht es auch'n bisschen genauer?«

»Etwa gegen sechs Uhr. Warum ist das jetzt noch so wichtig?«, fragte Förster Semmel verwundert, weil sich der Kommissar anscheinend mehr für den Schuppen interessierte. Der Dackel kam mit dem Ast im Maul angelaufen und hockte sich vor Maus auf die Hinterbeine. Danach legte er den Ast vor die

Füße von Maus ab und wedelte mit dem Schwanz.

»Waren Sie allein?«, fragte Maus, während er den Ast aufhob und erneut wegwarf.

»Ja – ähm, das heißt nein. Ich hatte meinen Hund dabei.«

»Ist ihnen im Wald irgendjemand aufgefallen?«

Kommissar Maus ging um den Schuppen herum und blieb vor dem Lattenzaun stehen. Der Förster stapfte hinter ihm her und antwortete zögerlich. »Nein!«

»Also war außer ihnen sonst niemand unterwegs?«

»Hab ich doch gerade gesagt«, entgegnete Semmel.

»Nicht mal ein Jogger oder Nordic Walker?«

»Nein verdammt!«

»Haben Sie das Opfer vorher schon mal irgendwo gesehen?«, hakte Maus nach um den Förster auf die Palme zu bringen. Es war eine Verhörtechnik, die er bei besonders arroganten Typen anwendete, um sie aus der Reserve zu locken.

»Jetzt reicht's mir. Verschwinden Sie endlich von meinem Grundstück. Ich habe jetzt keine Zeit für ihre blöden Fragen!«, sagte Semmel aufgebracht.

»Wir können das auch auf dem Revier fortsetzen, wenn ihnen das lieber ist«, erwiderte Maus mit energischer Miene.

»Ich habe mir die Leiche nicht so genau angesehen. Ich hatte genug damit zu tun, meinen Köter zu bändigen«, sagte Förster Semmel kleinlaut.

Wie auf Kommando tauchte sein Dackel wieder auf

und apportierte den Ast zu den Füßen des Försters. Kommissar Maus ging zu seinem Auto und öffnete die Fahrertür. Der Förster schmiss den Ast auf die Wiese, woraufhin sich sein Dackel zwischen einer Holzlatte hindurchzwängte, um den Ast zu suchen. »Also hat eigentlich ihr Hund die Leiche entdeckt«, hakte Maus nach, bevor er in das Auto stieg. Der Förster kam zu ihm.

»Macht das einen Unterschied?«

»Für unsere Forensiker schon«, sagte Maus und ließ den Motor an.

Der Förster beobachte seinen Dackel, der auf der Wiese herumlief und den Ast offenbar nicht finden konnte. Es entstand eine kurze Pause.

»Na wunderbar. Dann haben wir jetzt hoffentlich genug geschwätzt!«

Kommissar Maus legte den Rückwärtsgang ein und schlug die Fahrertür zu.

»Ich komme wieder!«, beschloss Maus mit Blick aus dem offenen Seitenfenster. Danach setzte er seinen Wagen zurück und wendete. Mit durchdrehenden Reifen raste er auf dem Schotter davon, wobei die Kiesel nur so umherflogen.

KAPITEL 4

Auf der Rückfahrt vom Forsthaus nach Niendorf, wo Bernhard Maus vor noch nicht allzu langer Zeit eine Doppelhaushälfte bezogen hatte, wurde ihm klar, dass ihn dieser Mordfall länger als zwei Tage in Anspruch nehmen würde.

Er war zwar ein Top-Ermittler beim BKA gewesen und brachte eine Menge Erfahrung mit, weshalb ihm der Polizeichef vom Kommissariat-Mitte auch gerne schwierige Fälle anvertraute. Nun beschlich ihn das untrügliche Gefühl, als müsste er für seinen Chef die Kohlen aus´m Feuer holen.

Maus bog in die spießige Wohnsiedlung ab, wo ein Reihenhaus mit Vorgarten neben dem anderen stand. Seine Nachbarin jätete zwischen den Dahlien und einem Rosenstrauch das Unkraut. Gegenüber mähte ein älterer Rentner den Rasen.

Das angenehm mediterrane Sommerwetter war in Norddeutschland nicht selbstverständlich und hatte Alina in Urlaubsstimmung versetzt, weshalb sie am Abend zuvor spontan eine Pauschalreise online buchten. Danach feierten sie in Vorfreude auf eine schöne gemeinsame Zeit am Strand von Malaga ihr Vorhaben.

Maus parkte seinen Wagen in der Auffahrt und öffnete sichtlich genervt die Haustür. Er hängte im Flur seine Lederjacke an der Garderobe auf einen Haken und durchquerte das Wohnzimmer. Darin sah es mittlerweile überall aufgeräumt aus. Alina hatte offensichtlich das Chaos beseitigt. Er hörte sie mit Geschirr klappern und warf einen neugierigen Blick in die Küche.

Alina bereitete gerade Gemüse für das Mittagessen vor. Er umarmte sie liebevoll und schaute ihr über die Schulter.

»Da bist du ja endlich.«

Maus gab ihr einen flüchtigen Kuss auf die Wange. Sie löste sich trotzig aus der Umarmung.

»Ist was?«, fragte Maus irritiert.

»Wo warst du so lange?«

»Was denkst du denn? Ich hab gearbeitet.«

»Ich dachte du hast Urlaub«, bemerkte Alina leicht gereizt und ließ das Messer auf das Holzbrett fallen. Maus lehnte sich frustriert gegen die Küchenzeile und sah Alina beim Kochen zu.

»Das dachte ich auch. Ich wünschte, mir wäre das erspart geblieben.«

»Liegen wir in zwei Tagen in Malaga am Strand?«, fragte Alina und warf ihm einen forschenden Blick zu, bevor sie Gemüse in einen Kochtopf schüttete.

»Alina – Schatz, versuch mich jetzt bitte nicht festzunageln.«

»Wieso – gibt's ein Problem damit?«

»Nur eine Leiche und eine neue Kollegin, die mir spanisch vorkommt«, sagte Maus ernüchtert.

»Immer wenn wir verreisen wollen, kommt irgendwas dazwischen«, sagte Alina enttäuscht.

»Jetzt fange nicht wieder davon an. Du weißt, was für einen Job ich habe, und ...«, rechtfertigte sich Maus gereizt, als plötzlich das Telefon klingelte.

Erleichtert, diese Unterhaltung nicht weiter führen zu müssen verschwand er aus der Küche. Er lief die Treppe hinauf und flüchtete in sein Arbeitszimmer. Dort schnappte er sich das schnurlose Telefon aus der Ladestation vom Festnetzanschluss und nahm das Gespräch an.

»Aquí es Valentin, ähm – hier ist Valentin. Eine Polizeistreife hat im Schulgarten-Weg ganz nahe der Kleingartensiedlung ein verdächtiges Fahrzeug gefunden.«

»Woher haben Sie diese Nummer?«, fragte Maus verblüfft.

»Ist doch unwichtig. Jedenfalls ist eine Halterin auf den Wagen zugelassen. Möglicherweise ist unser Opfer die Besitzerin«, sagte Valentin.

Maus vermutete, dass Valentin mit seinem Chef in Verbindung stand, was ihm gar nicht schmeckte. Er wollte vermeiden, dass Strehlitz auch noch zu allen Aspekten dieses Mordalls seinen Senf dazu gab und sich womöglich in die Ermittlungen einmischte.

»Und – was wollen Sie nun von mir?«

»Dass Sie mich vom Präsidium abholen!«, erwiderte Valentin nachdrücklich.

»Okay – mache mich auf den Weg«, sagte Maus und beendete das Gespräch mit einem Knopfdruck. Eigentlich war er wenig begeistert jetzt nochmal mit

Valentin aufeinander zu treffen, aber er hatte auch keine große Lust die Auseinandersetzung mit Alina weiterzuführen. Er begab sich nach unten, wo ihn Alina an der Treppe abfing.

»Wer war das?«

»Die Hauptkommissarin.«

»Ist sie hübsch?«, fragte Alina eifersüchtig.

»Alina, hör auf damit! Ich hab auch so schon genug Stress«, entgegnete Maus warnend.

»Nie hast du Zeit für mich«, klagte Alina mit feucht werdenden Augenwinkeln.

»Komm schon, mach jetzt keine Szene. Lass uns heute Abend darüber sprechen«, versuchte Maus Alina zu beschwichtigen und nahm sie in den Arm. Sie ließ es kurz widerstrebend zu, löste sich dann aus der Umarmung und sah ihn vorwurfsvoll an.

»Heißt das etwa, du musst schon wieder weg?«

»Bin zum Abendessen wieder da.«

»Du hast mir versprochen, dass hier alles anders wird. Aber seit du vom BKA weg bist, ist es noch schlimmer geworden!«, sagte Alina und ließ Maus einfach stehen. Sie ging ohne seine Antwort abzuwarten nach oben ins Schlafzimmer und schlug lautstark die Tür zu.

KAPITEL 5

Maus fuhr auf schnellstem Weg über die Autobahn nach Altona. Der Verkehr vor dem Elbtunnel staute sich mal wieder, weshalb er rechtzeitig von der A7 die Ausfahrt Bahrenfeld nahm und sich vom Navi nach Altona leiten ließ.

In der Königstraße begann die weibliche Stimme des Navis verwirrende Angaben zu machen, weil die Mörkenstraße um das Polizeikommissariat zum Teil eine Einbahnstraße war.

Maus wollte es schon aus dem Fenster werfen, weil ihm das nicht das erste Mal passierte. Er ignorierte die enervierende Stimme und machte einen Umweg über die Jessenstraße. Von dort konnte man auch in die Mörkensstraße einbiegen.

Maus warf schnell einen flüchtigen Blick durch das Beifahrerfenster, um einen Parkplatz zu suchen. In dem Moment kam Valentin aus dem Eingang vom Polizeikommissariat. Maus stoppte den Wagen am Seitenstreifen und hupte kurz. Valentin schaute verdutzt zu dem Auto mit laufendem Motor. Als sie Maus hinter dem Steuer erkannte, beschleunigte sie ihre Schritte. Sie öffnete die Autotür und setzte sich neben ihn auf den Beifahrersitz.

»Warum so eilig?«, fragte Maus neugierig.

»Wir haben die Identität des Opfers geklärt«, sagte Valentin und machte eine bedeutsamen Miene.

»Und? Machen Sie's nicht so spannend!«

»Sie heißt Brigitte Schied, Halbwaise, Mutter früh verstorben, Vater unbekannt. Ziemlich tragische Geschichte. Ist in diversen Heimen aufgewachsen.«

»Also kommt sie nicht von hier?«, schloss Maus aus der Beschreibung.

»Doch – ja, sie ist mit einem Jan Müller verheiratet und der wohnt in Schenefeld.«

»Und da fahren wir jetzt hin?«, vermutete Maus.

»Lo has adivinado!«

»Wie-bitte?«

»Sie haben es erraten!«

Valentin beschrieb ihm den Weg. Er musste wieder auf die Autobahn, die sich in Gegenrichtung nicht staute. Nach einer Weile fuhren sie einen halben Kilometer unter dem sogenannten „Deckel" von Schnelsen durch, der einerseits als Lärmschutz für die Anwohner diente. Andererseits war obendrauf ein Park mit Kleingärten entstanden.

Nachdem sie die Autobahn verlassen hatten, fuhren sie noch eine Zeit lang durch Schnelsen, bis eine Wohnsiedlung in ihr Blickfeld kam. Maus bremste abrupt, um nicht eine ältere Dame mit ihrem Hund zu überfahren, weil sie gerade unangekündigt die Straße überquerte.

Valentin sah sich aufmerksam die Hausnummern an, bis ein Klinkerbau ihre Aufmerksamkeit erregte.

»Alto – basta! Hier ist es.«

Maus stellte das Auto in eine Parklücke vor einem Wohnblock. Nachdem Valentin auch ausgestiegen war, betätigte Maus die Zentralverriegelung am Autoschlüssel per Fernbedienung. Der Verschluss an den Autotüren rastete ein, während Valentin ihn übers Wagendach mit sehr ernsthaftem Blick ansah.

»Lassen Sie mich das machen!«

»Kein Problem.«

Valentin studierte die Klingelleiste am Eingang des Wohnblocks und drückte schließlich eine davon. Die Eingangstür summte und Maus öffnete sie. Er ließ Valentin den Vortritt und stieg danach mit ihr im Treppenhaus in die dritte Etage hinauf.

Valentin klingelte nochmal an einer Wohnungstür. Der Bewohner ließ sich Zeit. Nach einer gefühlten Ewigkeit öffnete jemand. Jan Müller sah die beiden Kommissare erstaunt an.

Er war etwa dreißig Jahre alt, sportlich schlank und trug außer einem dunklen T-Shirt eine blaue Jeans. Seine markanten Gesichtszüge wurden durch einen Oberlippenbart noch unterstrichen und verrieten einiges über seinen Lebensstiel. Außerdem waren seine mittellangen schwarzen Haare nach hinten gekämmt und reichten ihm über die Schulter. Am rechten Oberarm war ein Tattoo nur undeutlich sichtbar, denn es wurde vom Ärmel seines T-Shirts halb verdeckt.

»Ja bitte?«

»Sind Sie Jan Müller-Schied?«, fragte Valentin.

»Ja komm – nö, verpisst euch mit eurem Wachturm. Den tret ich in die Mülltonne«, sagte Jan Müller mit wegwerfender Handbewegung herabwürdigend. »Mordkommission Altona. Wir müssen dringend mit ihnen sprechen!«, sagte Valentin.

»Mordkommission?«, fragte Jan Müller ungläubig.

»Dürfen wir bitte reinkommen?«, fragte Maus leicht gereizt.

»Was wollen Sie von mir? Ich bin beschäftigt!«

»Reine Routine!«, erklärte Maus und wartete nicht länger auf die Zustimmung von Jan Müller-Schied. Er ging einfach an ihm vorbei und Valentin folgte Maus ebenfalls in den Flur.

Jan blickte den Kommissaren verständnislos hinterher und ließ die Wohnungstür lautstark ins Schloss fallen. Danach geleitete er sie wohl oder übel in sein Arbeitszimmer und bot den beiden zwei Plätze an. Jan setzte sich auf einen Drehstuhl, der vor seinem Computerpult stand. Valentin setzte sich halb auf die Kante eines übergroßen Glastischs gegenüber. Maus stand neben dem Computerpult dazwischen und wartete die Befragung ab.

»Wollen Sie sich nicht setzen?«, fragte Jan und sah Maus geringschätzig an.

»Ich stehe lieber!«, antwortete Maus gelassen.

Es gehörte ebenfalls zur Routine, bei Ermittlungen schnell reagieren zu können und auf alles gefasst zu sein, wenn man mit fremden Leuten redete. Er ließ sich aber nicht anmerken, dass er Jan nicht traute.

»Sie sind mit Brigitte Schied verheiratet«, begann Valentin mit vertrauensvoller Miene die Befragung.

»Ja, aber wir leben seit einiger Zeit getrennt«, sagte Jan Müller und verschränkte trotzig die Arme vor der Brust.

Maus quetschte sich an dem Glastisch und ein paar Stühlen vorbei. Er ging zur Fensterfront, wo in der Ecke ein schmales Bücherregal an der Wand stand. Scheinbar gelangweilt, blätterte er mehrere Bücher durch und erweckte den Eindruck, als interessierte ihn die Unterhaltung nicht.

»Darf ich fragen, wie lange?«

»Seit ungefähr einem Jahr! Ich verstehe nicht – was soll die Frage?«, wollte Jan Müller wissen und sah Valentin verständnislos an.

»Wir haben heute Morgen eine Leiche gefunden und Grund zu der Annahme, dass es sich dabei um ihre Frau handelt«, klärte Valentin Jan mitfühlend auf.

Es entstand eine kurze Pause. Valentin beobachtete die Reaktion vom vermeintlichen Ehegatten. Jan wirkte trotz der schockierenden Nachricht gefasst. Maus musterte ihn ebenfalls vom Bücherregal aus mit einem kritischen Seitenblick.

»Das muss ein Irrtum sein!«, entgegnete Jan nervös werdend, mit angespannter Körperhaltung.

Valentin holte ein Foto von der Leiche aus der Innentasche ihres schwarzen Mantels und zeigte es Jan Müller. Der schnappte sich mit einer schnellen Handbewegung das Bild.

»Ist das ihre Frau?«, fragte Valentin und blickte Jan dabei forschend an.

Jan Müller sah sich das Bild nur kurz an, zeigte aber keine Emotionen beim Anblick des geschundenen Körpers seiner Frau.

»Ich glaube schon«, sagte Jan beiläufig, als würde es sich um ein Ding handeln.

Maus hatte die Nase voll und klappte das Buch in seiner Hand laut hörbar zusammen.

»Geglaubt wird in der Kirche. Wann haben Sie ihre Frau das letzte Mal gesehen?«, fragte Maus und kam mit schnellen Schritten auf ihn zu.

»Ich – wir, das ist schon lange her«, stotterte Jan total verunsichert.

»Jetzt geben Sie sich mal'n bisschen Mühe«, forderte Maus ihn mit kritischer Miene auf.

»Verdammt! Ich erinnere mich nicht!«, erwiderte Jan wütend.

Maus knallte das Buch aus seiner Hand krachend auf den Glastisch und ging einen weiteren Schritt auf Jan zu, bis er ganz dicht vor ihm stand.

»Aber Sie erinnern sich doch bestimmt noch an letzte Nacht und wo Sie da gewesen sind!? «, fragte Maus mit energischem Tonfall in der Stimme.

»Sie glauben doch wohl nicht, dass ich …«, schrie Jan lauthals, sprach aber nicht weiter, weil Valentin sich von dem Rand des Glastischs erhob.

»Schon gut Herr Müller, mein Kollege ist da etwas voreilig. Können Sie mit uns in die Gerichtsmedizin kommen und ihre Frau identifizieren?«

»Das geht jetzt nicht, ich habe noch etwas Wichtiges

zu erledigen«, entgegnete Jan und verschränkte einmal mehr demonstrativ seine Arme vor der Brust.

»Was gibt es denn jetzt noch wichtigeres?«, fragte Maus mit verständnisloser Miene.

»Entschuldigung, aber das geht Sie'n Scheiß an!«, erwiderte Jan mit einem äußerst geringschätzigen Gesichtsausdruck.

»Herr Müller, wann könnten Sie nach Eppendorf in die Gerichtsmedizin kommen?«, fragte Valentin.

»Na-ja, ich schätze mal – vielleicht so in ein bis zwei Stunden«, überlegte Jan angestrengt.

Maus platzte der Kragen und machte noch einen Schritt auf Jans Sitzplatz zu. Er beugte sich über ihn und stützte sich dabei mit beiden Händen auf die Armlehnen des Drehstuhls.

»Jetzt hören Sie mir mal gut zu. Ihre Frau wurde ermordet, da gibt es kein vielleicht!«, sagte Maus nachdrücklich, während sich Jan auf dem Bürostuhl ängstlich wegduckte.

Valentin zog Maus mit einer Hand an der Schulter zurück. Er drehte sich ruckartig um und blieb dann genervt neben ihr stehen.

»Ich lasse Sie in zwei Stunden von einem Beamten abholen«, sagte Valentin schließlich und beendete damit das Gespräch.

Daraufhin verließen sie beide sofort die Wohnung. Valentin holte im Treppenhaus ihr Smartphone aus der Jackentasche. Maus ging voraus, während sie anscheinend ein wichtiges Gespräch führen musste.

Draußen angekommen öffnete er die Fahrertür von seinem Auto und setzte sich hinter das Steuer. Er steckte den Zündschlüssel ins Schloss und wollte schon losfahren, als Valentin aus dem Hauseingang gestürmt kam. Sie riss die Wagentür auf und ließ sich auf den Beifahrersitz fallen.

»Was haben Sie sich dabei gedacht? Ich habe ausdrücklich darum gebeten ...«, begann Valentin mit vorwurfsvollem Unterton in der Stimme, aber Maus ließ sie nicht ausreden.

»Der Typ lügt wie gedruckt!«

»Ich wollte es ihm schonend beibringen.«

»Das ist sehr mitfühlend, aber so kommen wir nicht weiter!«

»Wie wir in diesem Fall weiterkommen, das lassen Sie mal meine Sorge sein!«, sagte Valentin und warf ihm mit wütender Geste vor, sich über sie hinweggesetzt zu haben.

»Der Mann weiß eindeutig mehr, als er uns gesagt hat«, erwiderte Maus und blickte weiter stur nach vorne durch die Windschutzscheibe auf die Straße. Valentin öffnete die Beifahrertür und stieg wieder aus. Sie beugte sich nochmal runter und machte deutlich, wer von beiden das Sagen hatte.

»Mag sein, aber ich leite hier die Ermittlungen!«, ergänzte Valentin und schlug die Beifahrertür zu.

»Maldito! Ich bestimme hier und wenn ihnen das nicht passt, dann – ay idiota!«, schrie Valentin sehr aufgebracht, während er bereits den Motor startete.

Maus fuhr mit Schwung aus der Parklücke und trat das Gaspedal voll durch. Mit quietschenden Reifen raste der Saab 9-3 die Straße hinunter. Valentin sah nur noch die Bremslichter aufleuchten, als das Auto um die nächste Ecke bog.

KAPITEL 6

Strehlitz war seit zwei Tagen in Malaga und gerade von einer netten Sightseeingtour durch die Altstadt zurückgekommen. Nun lag er in einer Hängematte auf dem Balkon seines Hotels. Auf einem Tischchen neben ihm stand ein Aperitif und im Aschenbecher glimmte ein Zigarillo. Vom Mittelmeer wehte eine sanfte Brise herüber, während sich die Abendsonne langsam dem Horizont näherte. An der von Palmen gesäumten Strandpromenade tummelten sich noch jede Menge Urlauber. Die maritime Atmosphäre wurde durch ankernde Jachten unweit der Küste von Asturien unterstrichen.

Er nahm sein Smartphone zur Hand und wählte die gespeicherte Nummer von seinem besten Ermittler. Während er darauf wartete, dass Maus endlich an den Apparat ging, kostete er einen kleinen Schluck von dem Aperitif.

»Maus! Warum dauert das so lange – ich habe nicht ewig Zeit …«

»Hallo, wer ist da bitte?«, fragte Alina verunsichert.

»Oh, entschuldigen Sie vielmals. Kann ich bitte mit Bernhard Maus …«, fragte Strehlitz.

»Der ist nicht da. Soll ich ihm - Moment, bleiben Sie dran«, sagte Alina, weil sie draußen ein Auto hörte.

* * * * *

Alina stand mit dem Funktelefon im Wohnzimmer und ging zu dem großen Panoramafenster hinüber.

Maus parkte mit dem Saab in der Auffahrt. Er stieg aus, ließ die Fahrertür zufallen und betätigte am Schlüssel die Zentralverriegelung. Nachdem er an der Haustür angelangt war und sie aufschließen wollte, öffnete ihm zu seiner Überraschung Alina mit dem Funktelefon in der Hand.

»Kommt gerade herein«, sagte Alina kurz und hielt Maus demonstrativ das Funktelefon vor die Nase. »Für dich!«

Maus guckte erstaunt, nahm das Mobilteil entgegen und ging während er sprach durchs Wohnzimmer die Treppe hinauf in sein Arbeitszimmer. Er setzte sich an seinen Schreibtisch und fragte sich, wer ihn jetzt noch sprechen wollte.

»Ja, Maus am Apparat.«

»Ah, endlich sind Sie da. Der Anruf kostet mich ein Vermögen!«, sagte Strehlitz genervt.

»Strehlitz? Wieso, wo sind Sie denn?«, fragte Maus verwundert.

»Das tut jetzt nichts zur Sache. Ich habe eben mit Hauptkommissarin ...«

»Was – was haben Sie gesagt? Ich kann Sie schlecht hören ...«

»Diese Valentin hat sich beschwert!«, informierte Strehlitz Maus und nahm einen genüsslichen Zug von dem Zigarillo.

»Rufen Sie mich extra von wer weiß, woher an, um mir eine Standpauke zu halten?«

»Verdammt Maus, ich kann nicht ständig für Sie die Kohlen aus'm Feuer holen!«

»Das ist ja wohl genau umgekehrt! Und dann muss ich mich auch noch mit dieser spanischen Matrone abgeben«, erwiderte Maus aufgebracht, wurde aber von seinem Polizeichef unterbrochen.

»Sie können nicht allen auf die Füße treten, bloß weil …«, wollte Strehlitz anmerken, doch Maus unterbrach ihn und ergänzte den Satz selbstredend.

»…weil ich meine Reise stornieren und den Urlaub abhaken kann!«

»Ich kann verstehen, dass Sie sauer sind. Aber eine Menge Leute beschweren sich auch über Sie! Der Förster …«

»Dieser Semmel hat sich auch bei ihnen beschwert? Das ist ja sehr interessant.«

Kommissar Maus war es gewohnt, dass im Zuge von Ermittlungen immer mal wieder der eine oder andere Verdächtige ihn verfluchte, aber das machte ihm der Betreffende selbst unmissverständlich klar.

»Die Mordkommission Altona hat mich in dieser Sache um Amtshilfe gebeten, und Sie sind der Letzte …«, versuchte Strehlitz sich zu verteidigen, wurde aber erneut abgewürgt.

»… Idiot! Das hab ich heute schon mal gehört!«, ergänzte Maus und brach das Gespräch einfach ab. Er pfeffert das Funktelefon auf den Schreibtisch. In dem Augenblick erschien Alina im Türrahmen vom Arbeitszimmer und schnaubte wütend.

»Hab ich da richtig gehört? Du hast unseren Urlaub in Malaga storniert?«

»Hast du etwa gelauscht?«, fragte Maus verblüfft.

»War ja schließlich nicht zu überhören!«, erwiderte Alina frustriert.

Maus erhob sich von seinem Sitzplatz und ging auf Alina zu. Er wollte sie in den Arm nehmen, aber sie wehrte ihn trotzig ab und lief ins Schlafzimmer. Dort schmiss sie sich auf das Bett und begann zu schluchzen.

Maus war klar, dass er den Urlaub ohne vorher mit ihr darüber zu reden nicht einfach hätte stornieren dürfen. Aber er musste eine Entscheidung treffen, bevor die Annullierung der Pauschalreise für das Reisebüro nicht mehr möglich war. Maus ging zu Alina in das Schlafzimmer und setzte sich auf die Bettkante.

»Hör zu Schatz. Es tut mir leid, aber ich kann nichts daran ändern. Du weißt doch, mein Job …«, begann Maus sich zu rechtfertigen.

»Dein Job, dein Job – immer sagst du, der Job ist schuld! Wer bitte war denn schuld, als man dich beim BKA gefeuert hat?«, klagte Alina mit Tränen in den Augen.

»Sei nicht so ungerecht! Du kennst die Geschichte. Das Bundeskriminalamt brauchte damals nur einen Sündenbock, um besser da stehen zu können!«

Alina wollte von seinen Ausflüchten nichts hören und vergrub ihr Gesicht im Kopfkissen. Maus war ebenfalls frustriert und wollte sie jetzt nicht trösten.

* * * * *

Etwa zur gleichen Zeit hielt ein Einsatzfahrzeug der Polizei in einer Park-Bucht nahe dem Wohnblock, wo Jan Müller wohnte. Polizeiobermeister Daschner schaute Jan prüfend von der Seite an, der neben ihm auf dem Beifahrersitz die Autotür aufmachte, um auszusteigen.

»Sollte ich Sie nicht besser bis zur Tür bringen!«

»Danke, geht mir schon wieder gut«, sagte Jan ohne den Polizeibeamten dabei anzusehen und stieg aus. Daschner stellte den Motor ab und verließ ebenfalls den Wagen.

»Sie wären in der Gerichtsmedizin fast kollabiert, mein Freund. Ich komme mit!«, sagte Daschner und ließ die Autotür zufallen.

»Muss das sein? Ich bin okay! «, entgegnete Jan und knallte demonstrativ die Beifahrertür zu, als müsse er zeigen, dass er im Vollbesitz seiner Kräfte war.

»Keine Widerrede – gehört zu meinen Pflichten!«, sagte Daschner und machte deutlich, dass er sich nicht umstimmen ließ.

Jan Müller drehte sich genervt um und ging über die Straße zum Wohnblock. Daschner lief um das Auto herum und holte ihn auf dem Bürgersteig wieder ein. Er folgte ihm bis zum Hauseingang.

Jan nahm einen Schlüsselbund aus der Innentasche seiner Bomberjacke und zögerte kurz. Er sah den Polizeiobermeister über die Schulter blickend an und erkannte in dem Moment sein Schulterhalfter inklusive einer Waffe, in der halb offen stehenden

Jacke. Jan öffnete verunsichert die Haustür und stapfte die Treppen hoch. Er fragte sich, was der Polizist noch von ihm wollte, denn er hatte keine Lust ihn in die Wohnung zu lassen.

Daschner begleitete Jan gelassen in die dritte Etage und behielt ihn aufmerksam im Auge. Jan steckte mit schweißnasser Hand den Wohnungsschlüssel ins Türschloss, aber der ließ sich kaum bewegen. Irgendetwas hakte im Schloss.

»Brauchen Sie Hilfe?«, fragte Daschner und sah Jan mit einem kritischen Blick über die Schulter.

»Ich schaffe das schon – Sie können jetzt'n Abflug machen«, erwiderte Jan verunsichert und zog den Schlüssel nochmal raus. Dann steckte er ihn wieder rein und plötzlich ging die Tür wie von selbst auf.

KAPITEL 7

Maria Dolores San Valentin's Domizil lag in Nienstedten, einem Elbvorort im Bezirk von Altona. Dort bewohnte sie ein kleines Haus in der Nähe vom Elbufer. Da es höher auf dem Geestrücken lag, konnte sie durch das Wohnzimmerfenster die Elbe sehen.

Valentin machte die Haustür auf und drückte auf einen Lichtschalter im Flur. Sie hängte ihre Jacke auf einen Kleiderbügel an der Garderobe. Sichtlich erschöpft vom Dienst ging sie in die Küche und sah sich dort unentschlossen um.

Schließlich öffnete sie den Kühlschrank und holte Margarine, etwas Aufschnitt, eine Tomate und eine angebrochene Flasche Rotwein heraus. Sie stellte alles auf den Küchentisch, wo noch vom Frühstück zwei vertrocknete Scheiben Graubrot auf einem Teller lagen. Danach nahm sie ein Glas aus der Spüle, prüfte kritisch die Sauberkeit und setzte sich auf einen von vier Stühlen, die um den Küchentisch herumstanden.

Valentin schmierte auf eine Scheibe Graubrot etwas Margarine und belegte diese mit Wurst. Bevor sie ihr Wurstbrot anrührte, machte sie das Glas mit Rotwein halbvoll und trank einen kleinen Schluck. Nach einer halben Scheibe Brot hatte sie schon kein Appetit mehr und begab sich mit dem Glas und der Weinflasche in beiden Händen in ihr Wohnzimmer.

Das Wohnzimmer war gemütlich eingerichtet. Viele Pflanzen, ein Bücherregal, Couchgarnitur und ein alter Fernseher. Auf einer Kommode an der Wand stand eine aus Holz geschnitzte Madonna. Daneben waren, um ein gerahmtes Bild mit Trauerflor, zwei Kerzen aufgestellt.

Valentin stellte das Glas mit Weinflasche auf dem Couchtisch ab, ging zur Kommode, öffnete eine Streichholzschachtel und zündete die Kerzen an.

Eine Weile betrachtete sie andächtig das Foto in dem Bilderrahmen, worauf ihre Eltern zu sehen waren. Behutsam zog sie die obere Schublade der Kommode auf und nahm ein großes Fotoalbum heraus. Danach machte sie es sich auf der Couch bequem und guckte sich schwermütig einige Bilder aus ihrer Kindheit an.

Sie trank immer mal wieder einen Schluck Wein, bis das Glas leer war und schüttete sich aus der Flasche nochmal nach, bevor sie mit der Fernbedienung den Fernseher einschaltete.

Da sie zusehends melancholischer wurde, rückte sie ein Kissen zurecht und machte es sich gemütlich. Im Fernsehen liefen gerade Nachrichten, die sie nur desinteressiert verfolgte. Ihre Augenlider wurden dabei immer schwerer, bis sie irgendwann eindöste.

* * * * *

Die Traumbilder flackerten wie Momentaufnahmen aus der Kindheit durch ihren Kopf. Ein Urlaub in Asturien am Meer, mit ihrer Mutter am Strand oder mit ihrem Vater vergnügt eine Sandburg bauend. Plötzlich entstanden schemenhafte Bruchstücke von Zeitungsausschnitten vor ihrem inneren Auge, mit einer immer klarer werdenden Schlagzeile.

>> Ehepaar nach Wohnungseinbruch in Madrid tot aufgefunden! *Die Tochter versteckte sich im Schrank vom Kinderzimmer und überlebte diese schreckliche Tragödie, weil ihre Mutter noch die Polizei rufen konnte. Der oder die Täter sind flüchtig. Wer Angaben zu den ...*

* * * * *

Valentin nahm während dieser alptraumhaften Bilderflut von irgendwoher Sirenengeheul war, das sich irgendwie mit Glockengeläut vermengte und dann wie eine Türklingel anhörte. Ihr Augenlider zuckten ein paar Sekunden, bevor sie hochschreckte und desorientiert um sich blickte.

Das Weinglas lag auf dem Boden neben der Couch und der Fernseher lief immer noch. Sie schaute auf ihre Armbanduhr, die 1:36 Uhr anzeigte, und raffte sich etwas benommen von der Couch hoch.

Valentin schlurfte durch den Flur und sah einen Schatten in den Glaselementen von ihrer Haustür. Sie öffnete und schaute verwundert in das Gesicht von Bernhard Maus, der sie mürrisch ansah.

»Na endlich – habe schon befürchtet, Sie sind nicht zu Hause. Ist ihr Smartphone nicht eingeschaltet?«

Valentin griff sich ihren schwarzen Sommermantel, den sie an die Garderobe gehängt hatte, und fischte ihr Smartphone heraus. Sie warf einen müden Blick darauf und sah eine Fülle von Benachrichtigungen. Maus schaute ihr ungeduldig dabei zu.

»Ist was passiert?«, fragte Valentin verwundert darüber, dass ihr Kollege so spät in der Nacht noch auf den Beinen war.

»Jan Müller ist tot!«, sagte Maus mit ernster Miene.

* * * * *

Die Straße vor dem Wohnblock, in dem Jan Müller wohnte, war bereits weiträumig abgesperrt. Ein Spalier von Einsatzfahrzeugen in einem Meer von Blaulichtern der Polizei standen kreuz und quer auf der Straße. Schaulustige Anwohner drängten sich vor einer Absperrung, die verhindern sollte, dass unbefugte Personen oder Reporter in das Mietshaus gelangen konnten.

Maus und Hauptkommissarin M.D. Valentin bogen mit aufgesetzten Blaulicht auf dem Autodach in die Straße ein, wo zwei Verkehrspolizisten mit weiß-rot-gestreifter Weste und einer Kelle in der Hand die Durchfahrt versperrten.

Kommissar Maus bremste abrupt und Valentin ließ augenblicklich das Beifahrerfenster herunter. Einer der Verkehrspolizisten kam zu ihr, während sein Kollege breitbeinig vor dem Auto stehen blieb.

»Die Straße ist gesperrt«, sagte der Beamte.

»Ich bin die leitende Ermittlerin«, fauchte Valentin verständnislos und zückte ihren Dienstausweis.

»Hier kommt gleich noch'n Leichenwagen rein und dann wird es mit'n Parkplatz schwierig!«

Kommissar Maus beugte sich an Valentin vorbei zum Fenster und giftete den Verkehrspolizisten an. »Jetzt lassen Sie uns gefälligst durch!«

Der Verkehrspolizist gab seinem Kollegen mit der Kelle zu verstehen, er soll aus dem Weg gehen, und Maus trat aufs Gaspedal. Der Saab machte einen Satz und raste die Straße entlang, bis er den Wagen hinter einem VW Bulli stoppte.

Beide Kommissare stiegen nahezu gleichzeitig aus und bahnten sich wenig rücksichtsvoll einen Weg durch den Menschenauflauf. Eine Journalistin bedrängte Valentin mit einem Mikrofon in der Hand. »Können Sie uns sagen, was hier passiert ist?«

»Jetzt nicht, lassen Sie mich vorbei!«, sagte Valentin. Ein Reporter kam auf Maus zu und verstellte ihm einfach den Weg.

»Kommissar Maus, ist hier noch ein weiterer Mord geschehen?«

»Kein Kommentar!«, antwortete Maus genervt und drängelte sich an dem Reporter vorbei.

Polizisten hatten selbst zu dieser nachtschlafenden Zeit allerhand Mühe, die Leute an der Absperrung im Zaum zu halten.

Besonders eine Frau in mittleren Jahren mit kurzen blondierten Haaren und einer weißen Sommerjacke war nicht besonders zurückhaltend. Sie fuchtelte mit den Händen vor der Nase eines Polizeibeamten an der Absperrung herum, weil sie durchgelassen werden wollte. Er gab alles, um zu verhindern, dass die Frau über das rotweiße Flatterband stieg.

»Bleiben Sie bitte hinter der Absperrung!«

»Lassen Sie mich durch! Ich muss wissen, was da passiert ist«, sagte die Frau mit einem verzweifelten Gesichtsausdruck.

Polizeiobermeister Daschner kam herbeigeeilt und versperrte ihr rigoros den Weg.

»Das werden Sie noch früh genug aus der Presse erfahren«, sagte Daschner abwehrend.

Maus und Valentin hatten sich nun erfolgreich bis zur Absperrung durchgekämpft und sahen die Frau den Tränen nahe.

»Ich will zu meinem Sohn! Meinem Sohn ist doch nichts geschehen?«

Valentin blieb stehen, denn sie wollte vermeiden, dass es vor dem Wohnblock mitten in der Nacht zu einem Drama zwischen irgendwelchen Passanten mit Polizeibeamten kommt.

»Beruhigen Sie sich. Wie heißen Sie denn?«

»Margit – Margit Müller!«

»Dann kommen Sie am besten mal mit mir«, sagte Valentin und gab Maus zu verstehen ihr zu folgen. Sie brachten Frau Müller zu einem dunkelblauen Einsatzfahrzeug mit getönten Scheiben. Es war ein größerer VW-Bulli T6 in dem Licht brannte.

Valentin klopfte an die Seitentür, die sich daraufhin öffnete. Polizeipsychologin Ehrenreich trat aus dem

Bulli und sah Hauptkommissarin Valentin erstaunt an. Sie hatte schulterlange schwarze Haare und einen freundlichen Gesichtsausdruck.

»Frau Ehrenreich, können Sie sich bitte um Margit Müller kümmern. Sie ist die Mutter von«, begann Valentin, wurde aber von Fr. Müller unterbrochen.

»Aber warum? Ich will doch nur mit meinem Sohn sprechen und …«

»Frau Müller, ich bitte Sie. Lassen Sie uns erst mal unsere Arbeit machen. Wir melden uns dann bei ihnen«, unterbrach Maus die Mutter von Jan Müller Schied. Er spürte, dass die Frau kurz vor einem Nervenzusammenbruch stand.

»Kommen Sie, wir setzen uns erst mal im Wagen hin. Dann können wir uns in Ruhe unterhalten«, schlug Ehrenreich ihr mit verständnisvoller Miene vor. Dann hakte die Polizeipsychologin die Mutter unter und versuchte ihr beim Einsteigen in das Einsatzfahrzeug zu helfen. Margit Müller sträubte sich und lamentierte weiter herum.

»Mein Sohn hat doch nichts angestellt? Er ist ein guter Junge. Er würde nie jemanden …«, beteuerte Margit Müller verzweifelt.

»Das glaube ich ihnen, Frau Müller – beruhigen Sie sich erst mal«, sagte Ehrenreich beschwichtigend.

Margit Müller sah Frau Ehrenreich verständnislos an, stieg dann aber doch widerwillig in den Bulli und setzte sich an den Tisch auf eine kleine Bank. Die Polizeipsychologin gab den Kommissaren mit einem bedeutungsvollen Blick zu verstehen, dass sie die Sache im Griff habe. Sie verabschiedete sich mit einem Wink, während sie in den Bulli stieg und die Schiebetür vollautomatisch hinter ihr zuging.

* * * * *

Die beiden Kommissare betraten den Hausflur vom Wohnblock. In dem Moment kam ihnen aus dem Kelleraufgang ein Kerl im blauen Overall entgegen, den Valentin kritisch fixierte. Er war kräftig gebaut und hatte eine Baseballkappe auf dem Kopf.

Maus ignorierte ihn und ging die Treppen in die dritte Etage hinauf, während seine Kollegin mit dem Mann ein paar Takte redete.

Vor der Wohnungstür von Jan Müller wurde Maus von Hauptwachtmeister Brandt empfangen. Er war dort postiert, dass diejenigen, welche die Wohnung betraten, alle entsprechende Schutzkleidung trugen.

»So schnell sieht man sich wieder, Herr Maus«, sagte Brandt hämisch grinsend.

»Für Sie immer noch Kommissar!«, erwiderte Maus aufgrund der respektlosen Miene ihm gegenüber.

Brandt musterte ihn abschätzig von oben bis unten. »Muss frustrierend sein, wenn man vom BKA in den normalen Polizeidienst versetzt wird.«

Maus platzte der Kragen, packte Brandt am Revers von seiner Uniform und schleuderte ihn mit Wucht gegen die Flurwand.

»Halten Sie ihr verfluchtes Schandmaul, oder ich...«

Valentin hörte im Hausflur die Auseinandersetzung

und hastete die letzten Treppenstufen hinauf. Sie kam gerade noch rechtzeitig und ging dazwischen, um zu verhindern, dass Maus etwas tat, was er später bereuen würde.

»Reißen sie sich beide gefälligst zusammen! Brandt, wie lange stehen Sie schon hier?«

Maus durchbohrte Brandt mit furchteinflößendem Blick und ließ nur widerwillig von ihm ab.

»Ich bin seit zwei Stunden hier und die sind immer noch nicht fertig«, sagte Brandt und rückte erst mal seine Uniform zurecht. Dann nahm er zwei Paar Gummihandschuhe und Plastiküberzieher für die Schuhe aus einem Karton und hielt sie den beiden Kommissaren blöd grinsend vor die Nase.

»Gehen Sie nach unten vor die Eingangstür und lassen Sie niemanden durch! Verstanden?«, befahl Valentin dem Hauptwachtmeister, der nur perplex nickte und die Utensilien übergab. Danach machte er sich mit betretener Miene in das Erdgeschoss auf.

* * * * *

In der Wohnung herrschte geschäftiges Treiben. Die Kollegen von der Spurensicherung waren dabei, die Räumlichkeiten regelrecht auf den Kopf zu stellen. Sie pendelten hauptsächlich zwischen Wohn- und Schlafzimmer hin und her, nahmen Fingerabdrücke von allen möglichen Oberflächen und diversen Gegenständen ab, fahndeten in dem Bett mit einer speziellen Schwarzlichtlampe nach eingetrockneten Flecken von Blut oder Sperma. Valentin guckte sich in beiden Räumen um, und begrüßte dabei einige Kollegen. Maus ging derweil in die Küche, wo eine Kriminaltechnikerin im üblich weißen Overall von Kopf bis Fuß eingehüllt in ihrem Zauberkasten mit allen möglichen Röhrchen, Fläschchen und diversen Utensilien für chemische Analysen hantierte. Sie beschäftigte sich gerade mit einer Weinflasche.

»Wo ist denn die Leiche?«, fragte Maus.

»Eben war sie noch im Bad«, bemerkte Kriminaltechnikerin Stein trocken und schenkte ihm dabei keine Aufmerksamkeit.

Maus drehte sich um und stand plötzlich Valentin gegenüber. Ihrem Gesichtsausdruck nach wollte sie wohl die gleiche Frage stellen, und er beantwortete diese mit ernsthafter Miene.

»Im Bad!«

Die beiden Kommissare gingen durch den Flur und Valentin öffnete die einzige Tür, welche in der Wohnung geschlossen war. Dort saß Dr. Westpfahl auf einem Klodeckel und legte gerade ein mit Blut befülltes Röhrchen vom Opfer in einen Alukoffer.

In der Badewanne neben ihm lag Jan Müller-Schied von Badeschaum umgeben. Die Leichenblässe im Gesicht und der halboffen stehende Mund wirkte unheimlich. Er sah beinahe aus, wie ein schlafender Zombie.

»Buenos dias Doctore«, sagte Valentin sichtlich erfreut, den Gerichtsmediziner jetzt noch anzutreffen und wollte ihm reflexhaft die Hand geben, was aber überflüssig angesichts der Gummihandschuhe war.

»Moin, da sind Sie ja endlich. Ich bin soweit fertig!«

»Was ist hier passiert?«, wollte Valentin wissen.

»Das wüsste ich auch gerne«, antwortete Westpfahl.

»Selbstmord?«, fragte Maus mit zweifelnder Miene.

»Möglich, aber sehen Sie selbst«, sagte Westpfahl und wies mit einer kurzen Kopfbewegung auf den Leichnam.

Maus setzte sich auf den Rand der Badewanne und sah sich den Leichnam genauer an. Der Oberkörper ragte aus dem Wasser und erschien ihm unversehrt. Es war nirgendwo Blut zu sehen. Badeschaum auf der Wasseroberfläche verhinderte den Blick auf die Extremitäten. Nur der rechte Arm hing schlaff über dem Badewannenrand.

»War er nicht gestern in der Gerichtsmedizin, um seine Frau zu identifizieren?«, fragte Maus und sah Valentin nachdenklich an.

»Exactamente«, bestätigte Valentin ernüchtert.

»Wie hat er gewirkt, als er sich die Leiche seiner Frau ansehen musste?«

»Schwer zu sagen – er war relativ gefasst. Keine einzige Träne.«

»Na – jetzt sieht er jedenfalls ziemlich blass aus«, bemerkte Maus süffisant.

Dr. Westpfahl mochte anscheinend Galgenhumor und konnte sich ein verschmitztes Grinsen nicht verkneifen. Er wurde allerdings sofort wieder ernst.

»Beim Unterschreiben der Formalitäten ist ihm aber

dann doch schlecht geworden, wie den meisten Angehörigen bei diesem Procedere.«

»Können wir Fremdeinwirkung ausschließen?«

»Das würde ich so nicht sagen.«

»Was stört Sie denn an der Geschichte?«, fragte Valentin neugierig.

»In der Küche stehen eine leere Flasche Wein und zwei Gläser«, bemerkte Dr. Westpfahl misstrauisch und klappte seinen Alukoffer zu.

»Zwei Gläser?«, hakte Valentin erstaunt nach.

»Wir haben's hier doch hoffentlich nicht mit einer kleinen „Barschelei" zu tun?«, fragte Maus und sah dabei den Gerichtsmediziner neugierig an.

»Zum Glück sind vor uns nicht zwei Sternreporter hier gewesen und haben den Tatort versaut«, sagte Dr. Westpfahl amüsiert.

»Wie ich sehe, haben Sie Humor. Machen Sie eine spezifizierte Blutanalyse!«

»Dieser Fall hat Vorrang, Dr. Westpfahl. Melden Sie sich bitte, wenn Sie die Ergebnisse haben«, ergänzte Valentin.

Dr. Westpfahl erhob sich daraufhin vom Klodeckel und schnappte sich den Alukoffer.

»Das sagen ihre Kollegen auch immer, aber eine gewissenhafte Obduktion braucht seine Zeit!«

»Wir müssen wissen, ob's Mord war«, sagte Maus abschließend, woraufhin der Gerichtsmediziner nur nickte und an Valentin eilig vorbei das Badezimmer verließ. Maus wollte sich ein klareres Bild von dem

Vorfall machen und guckte Valentin kurz ratlos an.
»Wer war das eigentlich vorhin im Treppenhaus?«
»Nur der Hausmeister. Hat aber niemanden gegen
Abend zur fraglichen Zeit gesehen«, sagte Valentin.

* * * * *

Selbstverständlich würde kein Ermittler zu diesem
Zeitpunkt von Mord sprechen, aber Maus konnte
sich beim besten Willen nicht vorstellen, dass der
Tod von Jan Müller auf Selbstmord zurückzuführen
sein sollte. Dafür war er seiner Meinung nach nicht
der Typ, auch wenn der Tod seiner Frau ihn anscheinend doch nicht kaltgelassen hatte.

Maus saß mit diesen Überlegungen in der Küche
auf einem Stuhl neben dem Herd und guckte der
Kriminaltechnikerin Stein bei der Arbeit zu.

Sie besprühte eins der beiden Gläser mit Grafit und
holte eine Lupe aus ihrem Koffer, welcher auf der
Fensterbank deponiert war.

»Und, wie sieht's mit Fingerabdrücken aus?«, fragte
Maus abwesend, den aufkommende Müdigkeit wie
ein Nebelschleier zu umfangen schien.

Kriminaltechnikerin Stein untersuchte das Glas mit
der Lupe von allen Seiten und stellte es schließlich
auf dem Küchentisch neben das andere, welches sie
schon inspiziert hatte.

»Wie es scheint, ist aus beiden Gläsern getrunken
worden, aber ich habe nur bei dem hier Abdrücke
gefunden«, sagte sie und zeigte auf das zweite Glas.

»Untersuchen Sie bitte akribisch den Restinhalt der

Gläser!«, sagte Maus auf einmal wieder hellwach. »Also von Inhalt kann man da wirklich nicht mehr sprechen. Soll ich nach etwas bestimmten suchen?« »Analysieren Sie die Weinflasche und beide Gläser auf toxikologische Substanzen!«

* * * * *

Valentin sah sich nochmal in der Wohnung um. Sie hoffte, dass ihr irgendetwas auffiel, was die These eines Selbstmords unterstützen konnte.

Nachdem sie im Wohnzimmer ohne Erfolg erneut alle Gegenstände akribisch beäugt hatte, ging sie in das Arbeitszimmer, wo ein älterer Kollege von der Spurensicherung die Computertastatur auf Fingerabdrücke untersuchte. Danach widmete er sich dem Monitor und pinselte Grafit auf das Gehäuse.

Valentin hatte das schon tausend Mal gesehen und wollte wieder gehen, während der Kollege eine durchsichtige Folie an einer Seite vom Gehäuse des Monitors abzog.

»Wurde die Festplatte untersucht?«, fragte Valentin eher desinteressiert, weil das zur Routine gehörte.

»Das ist nicht mein Job. Ich mache nur die äußeren Spuren klar«, erwiderte der Kollege und klebte die Folie auf einen Objektträger.

Valentin wollte eigentlich noch was fragen, doch in dem Moment kam Maus an der offenen Tür vorbei. Er war schon an der Haustür und sie eilte hinterher.

»Maus, warten Sie – ich komme mit!«

Maus wartete auf Valentin und dann gingen sie im

Hausflur zusammen langsam die Treppe hinunter.
»Ich hab Angst vor dem Blitzlichtgewitter«, gestand
Valentin nach einer Weile zögernd.
»Ich werde mit den Reportern schon fertig. Gehen
Sie einfach voraus.«

* * * * *

Polizeiobermeister Daschner stand jetzt vor dem
Hauseingang und hörte die beiden Kommissare die
Treppe herunterkommen. Er nickte kurz, um zu
signalisieren, dass alles in Ordnung war, aber sie
beachteten ihn nicht weiter und begaben sich in
Richtung Absperrung.
Kaum waren sie dort angelangt, bestürmte ein
Reporter Valentin mit Fragen.
»Frau Kommissarin, steht dieser Fall hier auch im
Zusammenhang mit der Toten im Volkspark?«
Valentin eilte wortlos an dem nervigen Reporter
vorbei, während ihr eine aufmerksame Polizistin
den Weg durch die immer noch für diese Uhrzeit
beachtlichen Menschenmenge freimachte.
»Machen sie bitte Platz! Sie behindern hier nur die
Ermittlungen«, sagte die Polizistin.
Kommissar Maus ging langsam hinter Valentin her,
weshalb sich der Reporter nun an ihn wendete.
»Handelt es sich bei dem Toten nicht um ihren
Ehemann?«, fragte der Reporter.
Die Polizistin versuchte vergeblich, auch ihm den
Weg durch das Gedränge freizumachen, aber eine
Journalistin hielt Maus ein Mikrofon vors Gesicht.

Ihr Kollege richtete seine Kamera wie ein Geschütz auf ihn, bis er endlich stehenblieb. Valentin nutzte die Chance und ging schnell weiter.

»Hat der Mann von Brigitte Schied aus Kummer Selbstmord begangen?«, wollte die Journalistin von ihm wissen.

»Hören Sie - wir stehen mit diesem Todesfall erst am Anfang der Ermittlungen. Ich kann ihnen nur bestätigen, dass der Verstorbene mit dem Opfer im Volkspark verheiratet war. Ende der Durchsage!«

KAPITEL 8

Die Stille schien zum Greifen nahe. Sie wurde nur manchmal von einem Uhu unterbrochen, der auf irgendeinem Ast im Baum saß, wo Bernhard Maus in einer Doppelhaushälfte wohnte.

Die Straßenlaterne warf ein sanft orangefarbenes Licht auf den Bürgersteig und die Parkbucht, worin erst seit ein paar Minuten ein schwarzer SUV stand. Die Fahrertür öffnete sich geräuschlos und wurde kurz darauf wieder leise zugemacht.

Ein Mann in schwarzer Kleidung, mit Sturmhaube über dem Kopf, ging über die Straße. Dann rannte er in geduckter Haltung quer über den Rasen vom Nachbargrundstück zur anderen Doppelhaushälfte. Dort schlich er bis zur Haustür und machte sich mit einem Dietrich am Schloss zu schaffen.

Um die Hände frei zu haben, steckte er sich eine kleine taktische LED-Taschenlampe in den Mund und beleuchtete damit das Türschloss. Nach ein paar Versuchen schnappte es problemlos auf.

Der Maskierte verstaute den Dietrich in seiner Hosentasche, nahm die Lampe in die linke Hand und öffnete mit der anderen vorsichtig die Haustür. Er schlüpfte hindurch und lehnte die Tür hinter sich an, um notfalls schnell flüchten zu können.

Danach verharrte er einen Augenblick, leuchtete kurz den Flur ab und begann das Wohnzimmer zu inspizieren. Hier gab es für ihn nichts von Interesse, und deshalb warf er noch einen Blick in die Küche, bevor er später den Aufgang nach oben entdeckte. Im Dachgeschoss angekommen, leuchtete er kurz in das Schlafzimmer. Als der Lichtstrahl über das Bett huschte, erkannte er eine Frau alleine im Bett ruhig schlafend. Er machte die Taschenlampe schnell aus und ging wieder in den Flur.

Dort stand nur eine Kommode mit einer Vase, aus der Trockenblumen ragten. Durch den schwachen Schein der Straßenlaterne erkannte er noch eine Tür und ging darauf zu. Er machte die Taschenlampe wieder an und jubelte innerlich. Ein Arbeitszimmer, etwas chaotisch wegen der vielen Dokumente auf dem Schreibtisch, aber mit Monitor für einen PC.

Ihm war klar, dass er ein Passwort brauchte, um an Dateien im Computer zu kommen, weshalb er alle Schubladen durchwühlte.

Danach blätterte er schnell die Dokumente auf dem Schreibtisch durch, fand aber nichts Bedeutsames über die polizeiliche Ermittlung, wonach er eigentlich suchte.

Einer Eingebung folgend drehte er die Tastatur um und entdeckte einen Aufkleber mit Buchstaben und Zahlen darauf.

Zuversichtlich schaltete er den Computer und den Monitor auf dem Schreibtisch an. Der Lüfter vom PC begann zu surren, was für ihn in dem Moment fast soviel Lärm wie ein Föhn machte. Dann erklang zu allem Überfluss auch noch eine hübsche Melodie beim Starten des Betriebssystems. Er hatte soeben das Passwort eingegeben, doch in dem Augenblick schreckte ihn eine weibliche Stimme auf.

»Warum sitzt du so spät im Dunkeln am Computer und kommst nicht zu mir ins Bett?«, fragte Alina schlaftrunken mit verquollenen Augen und tastete blind mit einer Hand nach dem Lichtschalter neben der Tür.

Der Mann am Schreibtisch wendete ihr langsam den Kopf zu. Alina erschrak beim Anblick der unheimlichen Gestalt, die plötzlich auf sie zustürzte. Sie sprang reflexhaft zur Seite und der Angreifer stolperte im Vorraum gegen den Schuhschrank.

Die Vase mit den Trockenblumen fiel herunter und zerschellte klirrend auf dem Kopf des Einbrechers.

»Verdammt, komm her, du Schlampe!«, schrie der Mann wütend.

Erst jetzt bemerkte Alina die Sturmhaube über dem Kopf des Mannes. Der wischte sich mit einer Hand eine Scherbe von der Schulter und rappelte sich auf. Alina ergriff die Flucht und raste die Treppe runter. Sie rannte panisch durchs Wohnzimmer und ihrem Instinkt folgend in die Küche. Dort riss sie eine der Schubladen auf und ergriff das Erstbeste, was oben lag. Der Einbrecher kam hinterrücks auf sie zu!

Bevor Alina reagieren konnte, packte der Mann ihr Handgelenk und drehte es um. Alina schrie vor Schmerz und ließ das Kochmesser auf die Anrichte fallen. Der Mann schnappte es sich und hielt ihr das

Messer an den Hals. Alina fühlte die scharfe Klinge. »Bitte nicht! Nehmen Sie alles mit, was Sie wollen.« Ihre Muskeln in den Beinen fühlten sich plötzlich wie Gummi an. Sie wollte noch was sagen, aber ihre Stimme versagte und sie verlor das Bewusstsein.

* * * * *

Hauptkommissarin Valentin saß bereits im Auto und wartete ungeduldig, bis Maus endlich einstieg und den Motor startete. Auf der Straße wenden war unmöglich und hinter ihm stand ein Leichenwagen von der Gerichtsmedizin.

Maus machte das Blaulicht an und schlängelte sich vorsichtig zwischen den Einsatzfahrzeugen und der Menschenmenge vorbei. Ein Paparazzo mit seiner Kamera lief neben dem Beifahrerfenster her.

Maus trat schnell das Gaspedal durch und sah kurz darauf im Rückspiegel ein Blitzlicht aufflackern.

»Soll ich Sie wieder nach Hause bringen?«

»Mir ist nicht nach Schlaf zumute«, sagte Valentin erleichtert, weil der Paparazzo offensichtlich kein vernünftiges Bild mehr schießen konnte.

»Geht mir genauso.«

»Haben Sie eine Idee, wo wir jetzt einen Kaffee her-bekommen?«, fragte Valentin und warf einen Blick auf die Uhrzeit im Armaturenbrett.

»Ich halte einfach an der nächstbesten Tanke, aber Sie zahlen.«

»Okay, Sie haben mich da eben gerettet. Ich hasse Kameras!«

Maus hielt an einer Aral Tankstelle kurz vor dem Autobahnzubringer der A7. Valentin stieg aus und kam nach einer Weile mit zwei Bechern Kaffee und Croissants zurück. Mit den vollen Händen stellte Valentin die Kaffeebecher etwas ungeschickt auf dem Armaturenbrett ab, wobei ihr die Tüte mit den Croissants auf die Mittelkonsole rutschte.

Sie nahm die Tüte und bot Maus ein Croissant an.

»Danke – und jetzt?«, fragte Maus.

»Jetzt brauche ich frische Luft!«

* * * * *

Alina kam langsam zu sich und schlug blinzelnd die Augen auf. Sie versuchte sich zu bewegen, doch ihre Handgelenke waren mit zwei ihrer eigenen Seidenstrümpfe am Bettgestell gefesselt.

Außerdem drückte sie eine schwere Last nieder. Der Einbrecher saß auf ihrem Becken und beugte sich ganz dicht an ihren Kopf.

»Was ist mit dir los, du Schlampe. So hast du's doch gern«, flüsterte der Mann in ihr rechtes Ohr.

»Geh von mir runter, oder ich schreie«, erwiderte Alina und drehte angeekelt vom Mundgeruch den Kopf weg.

Erst jetzt bemerkte Alina das Messer in der Hand des Einbrechers, welches er diesmal direkt an ihre Kehle hielt.

»Kein Mucks, oder ich mach dich tot!«, drohte der Maskierte mit eiskalter Miene.

* * * * *

Maus parkte sein Auto an der Fischauktionshalle im Hamburger Hafen. Der Vollmond schien über den Landungsbrücken, wo die beiden Kommissare an der Kaimauer standen. Sie tranken eine Weile wortlos ihren Kaffee und beobachteten gegenüber den Betrieb an den hell erleuchteten Docks.

»Was halten Sie von der Sache?«, fragte Valentin.

Maus zündete sich eine Zigarette an und blies den Rauch durch die Nase aus.

»Das Ganze kommt mir spanisch vor.«

»Spielen Sie jetzt nicht auf die Franco-Diktatur an.«

»Damals gab es eine Menge merkwürdiger Todesfälle, die nie aufgeklärt wurden!«

»Das ist noch untertrieben«, bemerkte Valentin und trank einen Schluck Kaffee.

»Sie meinen die Verschwundenen?«

Valentin zögerte mit der Antwort. Sie wirkte etwas bedrückt und schaute auf eine Yacht, die gerade ins Trockendock manövriert wurde.

»Mein Vater war Staatsanwalt und hat einige dieser Fälle wieder aufgerollt.«

»Sie reden von ihm in der Vergangenheit. Was ist passiert?«

»Darüber will ich mit ihnen jetzt nicht reden«, sagte Valentin und schmiss den Kaffeebecher gekonnt in einen Mülleimer neben einen nicht weit von ihnen entfernten Laternenmast.

»Okay, und worüber möchten Sie …«, fragte Maus und machte einen tiefen Zug von der Zigarette, weil

Valentin ihm ins Wort fiel und neugierig ansah.

»Jan Müller-Schied – war es Selbstmord?«

»Nein! Es gibt nicht einmal einen Abschiedsbrief.«

»Hätte ich mir auch gleich denken können. Dann glauben Sie auch nicht an eine natürliche Todesursache?«, fragte Valentin beharrlich weiter.

»Ich weiß nicht, was ich glauben soll, aber die Sache stinkt mir gewaltig!«

»Die Sache, oder dass Sie jetzt mit mir zusammenarbeiten müssen?«, hakte Valentin nach.

»Beides! Aber nehmen Sie's nicht persönlich«, sagte Maus und lächelte dabei verschmitzt.

* * * * *

Maus stand ziemlich erschöpft vor seiner Haustür und wollte nur noch schlafen. Er hoffte, dass Alina nicht aufwacht, wenn er neben ihr ins Bett schlüpft, denn jede weitere Kommunikation würde ihn jetzt überfordern. In Gedanken holte er seinen Schlüssel aus der Jackentasche, als ihm auffiel, dass die Tür nur angelehnt war.

Maus drückte die Haustür vorsichtig auf und ging durch den Flur in das Wohnzimmer. Im halbdunkel konnte er nicht viel sehen, aber alles wirkte normal. Er ging leise durch die Diele zum Esszimmer und erstarrte. Vom Treppenaufgang nahm er deutliches Stimmengemurmel wahr. Maus schlich ein paar Stufen hinauf und verharrte in der Bewegung.

»Machen Sie mich endlich los. Mein Freund ist bei der Polizei und wird Sie …«

»Still! Genau das'is der Grund, warum ich hier bin.«
Bernhard Maus zog langsam seine Waffe aus dem
Holster und entsicherte sie. Danach ging er mit der
Waffe im Anschlag weiter die Treppe hoch.

Oben angekommen richtete er seine Walther P99
schnell nach links und dann nach rechts. Er sicherte
zuerst routiniert sein Arbeitszimmer und schlich
dann durch den Vorraum zum Schlafzimmer.

Im schwachen Schein der Morgendämmerung sah
Maus Alina schweißgebadet liegend auf dem Bett.
Etwas blitzte auf und flog auf ihn zu.

Maus drehte seinen Kopf reflexhaft zur Seite. Ein
Messer sauste an seiner Nase vorbei und blieb im
Türrahmen stecken. Maus wich kurz zurück. Als er
wieder mit der Pistole zielend im Türrahmen den
Angreifer ausmachen wollte, ging alles blitzschnell.
Der Maskierte ergriff sein Handgelenk mit der
Waffe und drückte seinen Arm gegen den Tür-
rahmen. Maus stöhnte und ließ die Waffe fallen.

Doch jetzt sah er seinen Gegner, machte mit der
linken Hand schnell eine Faust und holte aus. Der
Fausthieb traf die vermummte Gestalt mitten im
Gesicht, die daraufhin stöhnend sein Handgelenk
wieder freigab.

Maus bückte sich schnell, um seiner Waffe habhaft
zu werden. Der heftige Tritt in seinen Bauch kam
aus dem Nichts und schleuderte ihn durch die Tür.
Er prallte im Flur unglücklich mit dem Kopf gegen
den Schuhschrank. Ein paar Sterne erschienen und

tanzten vor seinen Augen Polka. Die Augenlider fühlten sich bleischwer an, aber Maus machte sie trotzdem auf. Er nahm nur schemenhafte Umrisse wahr und konnte sich nicht bewegen.

»Wenn du nicht die Finger von dem Fall lässt, komme ich wieder und mache deinem Frauchen zwei-drei Luftlöcher mehr! Kapiert?«, sagte sein Gegner mit heiser Stimme und hielt ihm die scharfe Klinge vom Kochmesser an den Hals.

Noch bevor Bernhard antworten konnte, holte der Maskierte zu einem kräftigem Schlag aus. Seine Faust traf ihn hart an der Schläfe und dann wurde Maus schwarz vor den Augen.

KAPITEL 9

Valentin hatte in der Nacht unruhig geschlafen. Der mysteriöse Todesfall raubte ihr einfach die Nerven. Möglicherweise lag ja ihr neuer Kollege mit seiner Vermutung doch nicht ganz falsch.

In der Regel fand man bei Selbstmördern oft einen Abschiedsbrief oder zumindest einen Zettel, worauf die Absicht sich umzubringen erkennbar war.

Nur in wenigen Ausnahmefällen fand man nichts dergleichen, aber dafür Indizien, dass der oder die Person psychisch instabil war, oder gesundheitlich mit einem Bein im Grab stand.

Vielleicht hatten sie etwas übersehen und deshalb stand Valentin nun vor der Wohnungstür von Jan Müller und brach das Siegel auf.

Sie sah sich noch mal gründlich in der Küche um. Nachdem sie die Schränke und Schubladen durchgesehen hatte, begab sie sich in das Arbeitszimmer. Valentin blätterte vom Regal sämtliche Bücher nach einem Abschiedsschreiben durch.

Danach setzte sie sich erschöpft auf den Drehstuhl vor dem Computerpult. Darauf stand immer noch der Monitor inklusive Tastatur. Verwundert warf sie einen Blick unter den Pult, wo überraschenderweise der PC zu sehen war.

Valentin schaltete den Computer ein. Der Lüfter sprang sofort an. Daraufhin machte sie den Monitor an und wartete, bis das Hauptmenü mit der Maske für das Passwort erschien. Sie sah sofort unter der Tastatur nach und fand ein mit durchsichtiger Folie festgeklebtes Papier, auf dem das Passwort zu lesen war. Es bestand aus einer Kombination von Zahlen mit Buchstaben und Sonderzeichen.

Wer konnte sich das schon merken, dachte Valentin und loggte sich ein. Auf der Festplatte waren jede Menge Spiele, Filme und Musik gespeichert. Außerdem entdeckte sie fragwürdige Dateien mit Bildern von nackten Frauen.

»Natürlich, die Mailbox – ich Idiot!«

Valentin klickte auf das Outlook-Mail Symbol an der unteren Leiste des Windows-Programms und scrollte durch die Nachrichten. Die meisten waren von den Frauen, die ihm die Bilder gesendet hatten. Aber es gab auch eine Nachricht vom Vortag, die sie stutzig machte.

Hey Digger, brauche wieder Nachschub. Wir müssen uns treffen! LG Jan

Valentin notierte sich die Mail-Adresse, holte ihr Smartphone aus der Jackentasche und wählte eine gespeicherte Nummer.

»Kriminaltechnik, Stein am Apparat. Was kann ...«, meldete sich nach einer halben Ewigkeit eine Frauenstimme. Valentin war richtig sauer und ließ sie nicht ausreden.

»Können Sie mir mal verraten, warum die KTU den Computer nicht mitgenommen hat?«

»Die Kollegen von der Spusi haben keine fremden Fingerabdrücke gefunden. Da hab ich gedacht …«

»Denken Sie nicht und schicken jemanden hierher, der das Ding abholt«, befahl Valentin ungeduldig.

»Sofort?«, fragte Stein, weil sie unterbesetzt waren. Valentin verdrehte die Augen und wiederholte mit mahnendem Tonfall in der Stimme.

»Sie sollen doch nicht denken!«

»Okay, ich schick jemanden vorbei!«

* * * * *

Das traumatische Erlebnis der letzten Nacht hatte seine Wirkung nicht verfehlt. Obwohl Maus, nachdem er wieder zu sich kam, Alina sofort von den Fesseln befreite und sich den ganzen Morgen liebevoll um sie kümmerte, konnte er seine Freundin nicht beruhigen. Alina machte ihm Vorwürfe, weil er viel zu spät nach Hause gekommen war und sie die ganze Nacht in Todesangst mit diesem Monster alleine klarkommen musste.

Bernhard Maus hielt sich einen Eisbeutel an die Schläfe und sah ihr im Schlafzimmer dabei zu, wie sie einen Koffer packte.

»Schatz, willst du echt ganz alleine nach Malaga fliegen?«

Da er Alina im Weg stand, musste sie immer wieder einen Bogen um ihn machen und lief zwischen dem Kleiderschrank und Bett gereizt an ihm vorbei.

»Soll ich etwa so lange hier abwarten, bis Michael Meiers wiederkommt?«

»Das wird nicht geschehen. Sobald ich wieder fit bin, schnappe ich mir diesen Wichser und mache Kleinholz aus ihm!«, versicherte Maus genervt.

»Bernhard, ich werde keine Sekunde länger in der Wohnung darauf warten, bis du deinen Fall gelöst hast!«, sagte Alina und klappte den Koffer zu.

Als sie versuchte ihn vom Bett zu heben, wäre ihr der Koffer beinahe auf die Füße gefallen, weil ihr rechtes Handgelenk von dem Kampf in der Küche mit dem vermeintlichem Einbrecher schmerzte.

Maus nahm ihr den Koffer ab und Alina holte ihr Handgepäck vom Frisiertisch. Danach gingen beide nach unten in die Diele.

»Wann geht der Flieger?«

»In zwei Stunden. Das Reisebüro war sehr kulant und hat die Stornierung rückgängig gemacht.«

Maus hatte höllische Kopfschmerzen und hielt sich wieder den Eisbeutel an die Schläfe.

»Soll ich dich zum Flughafen bringen?«

»Ich hab mir schon ein Taxi bestellt«, sagte Alina und gab ihm ein Kuss auf die Wange. Kurz darauf klingelte es an der Tür. Sie schnappte sich eilig den Koffer und ihr Handgepäck und verließ das Haus.

Bernhard beobachtete durch das Panoramafenster, wie der Taxifahrer ihr den Koffer abnahm und zum Kofferraum brachte, während Alina sofort ins Taxi stieg. Schließlich setzte sich der Taxifahrer hinter das Steuer und fuhr weg.

Maus fühlte sich deprimiert und im Stich gelassen !!

KAPITEL 10

Das Polizeikommissariat war in einem recht großen mehrstöckigen Gebäude gegenüber der Feuer- und Rettungswache untergebracht. Die verschiedenen Abteilungen befanden sich auf mehreren Etagen und man konnte sich leicht in den Gängen verirren. So erging es jedenfalls Margit Müller auf der Suche nach der Mordkommission, während sie mit ihrer französischen Bulldogge an der Leine im Labyrinth von Fluren an diversen Büros vorbeilief.

Zufällig kam ihr Hauptkommissarin M.D. Valentin in einem der Flure mit ein paar Akten unterm Arm entgegen und begleitete sie in die Räumlichkeiten, wo die Mordkommission untergebracht war.

Es ähnelte einem Großraumbüro und die meisten Beamten machten ihre Mittagspause in der Kantine. Valentin setzte sich mit ihr an einen Schreibtisch in Fensternähe. Margit Müller nahm ihren Hund auf den Schoß und war sichtlich nervös.

»Ich habe alles falsch gemacht. Jan war ein guter Junge, aber er hatte sich seit dem letzten Jahr immer mehr zurückgezogen.«

»Was glauben Sie, woran das gelegen hat?«, fragte Valentin, sichtlich bemüht, die Unterhaltung sachte anzugehen.

Margit Müller zerfloss in Selbstmitleid und machte aufgrund des ungeklärten Ablebens ihres Sohns einen sehr verbitterten Eindruck, als sie antwortete.

»Nach der Trennung von dieser Schlampe war er nicht mehr er selbst. Ich war von Anfang an nicht mit der Heirat einverstanden, aber der Junge …«

Margit begann zu schluchzen, setzte ihren Hund auf dem Boden ab und wühlte in ihrer Handtasche. Valentin sah Frau Müller mitfühlend an, während sie in ein Taschentuch schnäuzte.

»Können Sie mir sagen, wer ihm sonst noch nahe gestanden hat?«

»Jan hatte nie viele Freunde. Er hat nichts gelernt. Immer nur Flausen im Kopf. Genau wie sein Vater, dieser Idiot! Hat sich vollgesoffen und vorn Zug gestürzt«, erklärte Margit verzweifelt, während ihr Tränen über die Wangen kullerten.

»Was hatte er noch für Hobbys? Fällt ihn irgendjemand ein, mit dem er sich öfters getroffen hat?«

Valentin schaute entgeistert an Margit Müller vorbei, während diese schluchzend weitersprach, denn Maus war gerade in der Tür erschienen und blickte sich suchend um.

»Ach – der Jan hat doch den ganzen Tag vor seinem Computer gehockt und gespielt. Nur einmal, als ich ihm seine Wäsche gebracht habe, war da so'n ungehobelter Kerl bei ihm.«

Kommissar Maus ging an einer Reihe von leeren Schreibtischen vorbei und blieb abrupt stehen, um sich zu orientieren. Schließlich entdecke er Valentin hinterm Schreibtisch sitzend, von Frau Müller leicht verdeckt, und durchquerte zielstrebig den Raum zu ihnen. Die französische Bulldogge neben Margits Füßen begann zu knurren, weshalb sie sich irritiert umdrehte. Dann streichelte sie dem Hund am Kopf.

»Bleib ruhig, Raudi – das ist nur der Kommissar«, versuchte Margit ihren Hund zu beruhigen und sah Maus verunsichert an.

Maus schenkte ihr und dem Schoßhund keine große Beachtung und wandte sich direkt an Valentin.

»Ich muss dringend mit ihnen sprechen!«

»Was ist denn, Maus? Ich unterhalte mich gerade mit Frau ...«, wollte Valentin einwenden, doch sie wurde von Maus unterbrochen und mit einem auffordernden Blick bedacht.

»Jetzt – sofort!«

Valentin fand diese herrische Geste respektlos. Sie guckte Maus strafend an und wendete sich kurz an Margit Müller, nachdem sie sich bereits von ihrem Platz erhoben hatte.

»Entschuldigen Sie mich einen Augenblick, Frau Müller. Scheint wichtig zu sein. Bin gleich wieder bei ihnen.«

Margit Müller schaute den beiden Kommissaren verwirrt hinterher und tätschelte dabei ihren Hund, während die in einem durch Glaswände abgeteilten Büro verschwanden.

* * * * *

Valentin setzte sich auf ihren Chefsessel an einen funktionalen Schreibtisch mit großem Monitor und Computertastatur, nebst einer Dokumentenablage und Stifthalter. Unter dem Fenster stand der PC mit einem Drucker und in der Ecke daneben ein halbhoher Aktenschrank, auf dem ein Kaffeeautomat seinen Platz gefunden hatte.

»Was fällt ihnen eigentlich ein, hier unangekündigt rein zu platzen und mich mitten in einem wichtigen Gespräch …«

»Bei mir wurde eingebrochen. Jemand hat meine Freundin überfallen und bedroht. Ich bin gerade noch rechtzeitig …«, begann Maus ungehalten die Situation zu schildern, die seine Lebensabschnitts-Gefährtin zu einer für ihn bitteren Entscheidung bewegte.

Es entstand eine kurze Pause. Valentin guckte ihren Kollegen fassungslos an, der unruhig im Büro auf und ab ging.

»Ist sie verletzt?«

»Es geht ihr so weit ganz gut – jedenfalls so gut, das sie in den nächsten Flieger nach Spanien gestiegen ist!«, erklärte Maus mit hilflosem Gesichtsausdruck.

»Ich kann verstehen, dass Sie wütend sind, aber das gibt ihnen noch lange nicht das Recht mich so herablassend …«, entgegnete Valentin und funkelte Maus böse an.

»Verdammt! Der Kerl hätte ihr wer weiß was antun können.«

Valentin drohte selbst die Fassung zu verlieren. Sie erhob sich von ihrem Platz und schaltete, um sich abzulenken, den Kaffeeautomat ein.

»Wissen Sie, was ich glaube … ?«, fragte Maus ohne ausreden zu können, da ihm Valentin ins Wort fiel.

»Nein, aber Sie werden es mir bestimmt gleich sagen«, bemerkte Valentin schnippisch.

Kommissar Maus beruhigte sich etwas und setzte sich auf ein Bürostuhl gegenüber vom Schreibtisch.

»Es muss bei ihnen im Dezernat ein Leck geben!«

Valentin drehte sich ruckartig um und sah Maus verständnislos an.

»Wie kommen Sie denn darauf?«

»Das ist doch offensichtlich! Niemand sonst kommt leichter an die Adressen von Polizisten heran.«

Valentin stellte zwei kleine Espresso-Tassen unter den Siebträger vom Kaffeeautomat und betätigte einen Schalter.

»Jetzt gehen Sie entschieden zu weit, Maus! Ich verbürge mich für meine Kollegen und … .«

»Verdammt noch mal! Ich hätte auch dabei draufgehen können. Hier ist irgendwas faul«, unterbrach Maus seine Vorgesetzte.

In dem Augenblick klopfte Margit Müller an die Bürotür. Sie hatte ihren Hund auf dem Arm. Valentin bedeutete ihr mit einer Handbewegung hereinzukommen.

»Ich möchte nicht stören, aber ich muss jetzt mit Raudi unbedingt Gassi gehen, bevor der hierhin pinkelt«, sagte Margit um sich zu verabschieden.

»Nur noch eine Frage – können Sie sich an den Namen von diesem ungehobelten Kerl erinnern?«

»Hab ich vergessen. Hatte aber total ölverschmutzte Hände. Moment, der hieß glaube ich Micha. Nein, warten Sie – Michael Hesse!«

Valentin nahm ein Stift zur Hand und notierte den Namen schnell auf einen Zettel.

»Vielen Dank, dass Sie sich Zeit genommen haben.«

Margit verabschiedete sich wortlos und nickte nur, bevor sie die Bürotür wieder zumachte.

Valentin stellte ungefragt eine Tasse Espresso vor Maus auf den Schreibtisch und ihre Tasse neben der Computertastatur ab. Dann machte sie es sich auf ihrem Chefsessel bequem und trank einen Schluck. Maus hatte die letzte Nacht kaum geschlafen und nippte vorsichtig an seinem Espresso, nur um sich nicht den Mund zu verbrennen.

Valentin tippte derweil den Namen mit der vor ihr liegenden Tastatur in die Polizeidatenbank. Kurz darauf erschien das Bild eines Mannes mittleren Alters mit allen dazugehörigen Personendaten im Strafregister auf dem Bildschirm.

Maus beobachtete sie neugierig und ließ sich dabei den Espresso schmecken.

»Haben Sie was gefunden?«

»Allerdings! Der Typ ist bei uns kein Unbekannter.«

Der Drucker begann zu rattern. Valentin nahm den Ausdruck aus dem Fach und überreichte Maus das Strafregister. Er studierte die Einträge und runzelte dabei die Stirn.

»Vorstrafe wegen Körperverletzung, Einbruch und

Diebstahl, Widerstand gegen die Staatsgewalt ...«
»Die übliche Vita eines Kleinkriminellen. Immerhin etwas«, unterbrach ihn Valentin und stutzte für einen Augenblick.

Sie begann, Schriftstücke in der Ablage auf ihrem Schreibtisch zu durchsuchen. Dann zog sie ein Blatt Papier hervor und schaute Maus triumphierend an.
»Jetzt macht auch die E-Mail-Adresse einen Sinn!«

Maus erhob sich von seinem Platz und ging um den Schreibtisch herum. Er beugte sich über Valentins Schulter und las: E-Mail von m.hesse@gmx.de

Hey Digger, brauche wieder Nachschub. Wir müssen uns treffen! LG Jan

»Woher haben Sie das?«, fragte Maus erstaunt.

Valentin drehte sich mit dem Chefsessel zu ihm um.
»Habe ich heute Morgen in Jan Müller's Computer gefunden. «

»Gute Arbeit - das könnte unser Mann sein!«, stellte Maus mit einer etwas zuversichtlicheren Miene fest.

KAPITEL 11

Die Nachmittagssonne brannte gnadenloser denn je vom wolkenlosen Himmel herab. Maus saß hinterm Steuer und hatte das Gefühl, als würde selbst die getönte Windschutzscheibe von seinem Saab keinen Unterschied machen und eher wie ein Brennglas wirken. Er schaltete die Klimaanlage ein und drehte das Gebläse auf die höchste Stufe.

Valentin trug außer ihrem T-Shirt eine dunkelblaue Lederjacke. Sie nahm ein Erfrischungstuch aus der Innentasche und tupfte sich damit den Schweiß von der Stirn.

»Dieser Sommer bricht alle Rekorde.«

»Der Klimawandel hält, was er verspricht!«, sagte Maus ernüchtert.

Die beiden Ermittler fuhren durch Altona auf der Stresemannstraße bis zu einem Gewerbegebiet, wo sich die Kfz-Werkstatt befand, in der Michael Hesse als Mechaniker arbeitete.

Maus bog in die Schützenstraße ab und sah fragend zu Valentin auf der Beifahrerseite.

»Und wo müssen wir jetzt hin?«

»Leverkusen-Straße – die nächste rechts abbiegen.«

Kommissar Maus fuhr mit dem Wagen nicht direkt zur Autowerkstatt, sondern auf den Weg von einem verwilderten Grundstück neben der Werkstatt.

Er stoppte an der gegenüber liegenden Seite vom Werksgelände und machte zögernd den Motor aus.

Valentin hatte schon die Hand am Türöffner, doch Maus machte keine Anstalten auszusteigen.

»Was ist – wollen Sie nicht aussteigen?«, fragte Valentin irritiert.

Maus warf durch das Seitenfenster einen kritischen Blick auf das verwaiste Werksgelände.

»Ich hab ein komisches Gefühl bei dem Laden.«

Valentin schaute ihn verwundert an und lächelte verschmitzt.

»Sie überraschen mich. Sie haben Gefühle?«

»Vielleicht sollte ich erst mal die Lage sondieren gehen«, schlug Maus vor.

»Kommt nicht infrage! Ich kann mir jetzt schon lebhaft vorstellen, wohin das führt.«

Daraufhin stiegen die beiden Ermittler gleichzeitig aus dem Saab und schlugen die Türen zu. Valentin warf Maus über das Wagendach einen mahnenden Blick zu.

»Sie halten mir den Rücken frei und machen da drinnen keinen Aufstand!«, sagte Valentin warnend und machte sich auf den Weg zur Kfz-Werkstatt. Maus drückte den Pin für die Zentralverriegelung am Autoschlüssel.

»Wird mir ein Vergnügen sein, Señorita Valentin«, murmelte Maus, während er ihr mit wenig Abstand über die Einfahrt auf das Werkstattgelände folgte. Der Vorplatz war groß genug, um einem guten Dutzend PKWs und Limousinen verschiedener Fabrikate mit Verkaufsschildern eine Stellfläche zu bieten. Ansonsten war niemand zu sehen, genauso wenig wie durch das offen stehende Werkstatttor. Allerdings übersah Maus einen Mechaniker, der an einem alten Golf Cabrio mit offener Motorhaube schraubte. Der Geselle blicke ihm missmutig hinterher, während Maus den Vorplatz überquerte.

Valentin ging durch das Rolltor und sah sich um. Die Halle war überschaubar. Vor ihr stand ein schwarzer Mercedes der S-Klasse und daneben auf einer Hebebühne ein älterer Opel Corsa.

An den Wänden standen ringsherum einige Regale mit Ersatzteilen und daneben gestapelte Autoreifen.

»Na-Nu, wo sind denn alle hin?«, fragte Maus eher rhetorisch, als er die Werkshalle betrat.

Ein Mechaniker, der rücklings auf einem Rollbrett unter dem Mercedes schraubte, kam auf einmal hervor und baute sich vor ihnen auf. Er trug einen blauen Overall und hatte einen verdammt großen Werkzeugschlüssel in der rechten Hand.

»Na – was kann ich für euch tun?«

»Wir wollen den Meister sprechen«, sagte Valentin.

»Warum?«, fragte der Mechaniker misstrauisch.

In der Halle werkelte noch ein Mechaniker an dem Opel. Der kletterte schnell aus dem Schacht unter der Hebebühne und stellte sich dazu. Der Geselle, der draußen den Golf reparierte, kam angelaufen.

Noch bevor Maus und Valentin reagieren konnten, waren sie von drei finsteren Mechanikern umstellt. Jeder von ihnen hatte irgendein Werkzeug in der

Hand, das auch als gefährliche Schlagwaffe benutzt werden konnte. Sie spielten damit in der Hand und ließen keine Zweifel, dass sie zu allem bereit waren.

»Kripo Altona. Lasst uns gefälligst durch!«, forderte Maus die Mechaniker auf.

Plötzlich wurde die Tür vom Werkstattbüro aufgerissen. Ein stämmiger Mann mit grauem Overall stapfte in Arbeitsschuhen wie ein Elefant auf sie zu.

»Was ist denn hier los? Warum wird hier nicht gearbeitet?«, fragte der Meister ungeduldig.

»Die beiden Luschen behaupten, sie kämen von der Kripo«, sagte ein kräftig gebauter Mechaniker im weißen Oberhemd. Er hatte auf seinen Armen und dem Oberkörper jede Menge Tattoos.

Der Meister musterte die beiden Kommissare von oben bis unten mit geringschätzigem Blick.

»Können sie sich ausweisen?«

Maus griff in die Innentasche von der Lederjacke, holte seine Brieftasche heraus und klappte sie auf. Der Meister begutachtete den Kripo-Ausweis und strich sich nachdenklich über den Kinnbart. Danach signalisierte er den beiden Kommissaren mit einem Kopfnicken, dass sie mitkommen sollten.

Maus und Valentin gingen mit ihm in ein kleines Werkstattbüro. Er nahm hinter seinem Schreibtisch Platz, auf dem eine Computerkonsole mit Tastatur vor dem Monitor stand. Neben ihm auf einem Pult lagen Rechnungen und darunter war ein Drucker eingebaut. Der Meister lehnte sich entspannt auf'm

Drehstuhl zurück und guckte Hauptkommissarin Valentin forschend an, die es sich auf einem Stuhl vor dem Schreibtisch bequem machte.

»Wie kann ich ihnen helfen?«

»Beschäftigen Sie hier ein Michael Hesse?«

»Was hat er denn jetzt schon wieder angestellt?«

Kommissar Maus stand neben einem kleinen Sessel, der für Kunden als Sitzgelegenheit gedacht war.

»Ist er nun da oder nicht?«, fragte Maus und setzte sich hin, weil ein schmales Sichtfenster daneben in der Wand einen Blick in die Werkstatt ermöglichte. Der Meister zögerte mit der Antwort und sah Maus kritisch an.

»Hören Sie – ich will hier keinen Ärger. Ich bin für meine Jungs verantwortlich und …«

»Wir wollen ihm nur ein paar Fragen stellen …«, unterbrach ihn Valentin, während Maus durch das schmale Glaselement sah, wie Michael Hesse hinter einem Reifenstapel hervorkam und in Windeseile im hinteren Bereich der Werkstatt verschwand.

Kommissar Maus sprang aus dem Sessel, zog blitzartig seine Dienstwaffe aus dem Hoslter, drehte sich um und riss die Bürotür auf.

Der Meister sah verwundert durch das Sichtfenster Maus hinterher.

»Was ist denn auf einmal mit ihrem Kollegen los?«

Valentin drehte sich daraufhin irritiert um und sah durch die offen stehende Tür Maus, mit der Waffe im Anschlag, quer durch die Werkstatt galoppieren.

Michael Hesse versuchte mit ein paar geschickten Ausweichmanövern zwischen den Autos nach draußen zu entkommen. Der Mechaniker mit den Tattoos stellte sich Maus breitbeinig in den Weg und ließ einen großen Maulschlüssel von der einen Hand in die andere fallen.

Kommissar Maus rannte auf ihn zu und rempelte ihn seitlich mit voller Wucht an die Schulter, wobei dem Mechaniker der Maulschlüssel beinahe aus der Hand rutschte. Hesse entkam durch einen schmalen Seitengang und riss die Hintertür auf. Er stolperte über die Türschwelle und stürzte auf den Boden. Hastig rappelte er sich wieder auf und floh weiter. Maus lief durch die offen stehende Hintertür und konnte gerade noch sehen, wie Michael Hesse in den alten Golf Cabrio sprang und den Motor anließ. Der Wagen stieß rückwärts aus der Parklücke.

Hesse schaltete flink in den Vorwärtsgang und gab Vollgas. Die Vorderräder drehten durch, während Maus mit der Walther P99 im Anschlag hinter dem Auto her sprintete.

»Halt Polizei! Verdammt – sofort anhalten!«, schrie Maus lauthals, aber erfolglos.

Michael Hesse raste mit dem Golf auf die Ausfahrt zu. Plötzlich tauchte Valentin auf und verstellte ihm breitbeinig den Weg. Sie zielte mit ihrer Waffe auf die Windschutzscheibe, obwohl der Golf auf sie zu kam. Dann riss sie die Waffe kurz hoch, gab einen Warnschuss in die Luft ab, und nahm wieder Hesse hinterm Lenkrad aufs Korn. Der machte schockiert eine Vollbremsung. Das Auto kam Zentimeter vor Valentin zum Stehen. Maus stürmte zur Fahrertür und riss diese mit der linken Hand auf, während er mit der Waffe in seiner rechten Hand den Fahrer im Visier behielt.

»Kripo Altona - machen Sie sofort den Motor aus und schmeißen danach die Schlüssel raus!«

Michael Hesse zog den Zündschlüssel und warf ihn Maus vor die Füße.

»Und jetzt legen Sie beide Hände ans Lenkrad!«

Die Mechaniker standen vor dem Werkstor und sahen grimmig dabei zu, wie ihr Kumpel von der Polizei gestellt wurde. Maus durchsuchte ihn nach Waffen, während Valentin ihre Polizeimarke zückte und Hesse vor die Nase hielt.

»Sie sind vorläufig festgenommen!«

Kommissar Maus packte ihn am Kragen und zog Hesse vom Vordersitz. Draußen gab er ihm einen Stoß, wodurch Hesse sich reflexhaft umdrehte und mit beiden Händen auf dem Autodach abstützte.

»Was soll das - was hab ich denn verbrochen?«

Valentin steckte die Polizeimarke weg, um Michael Hesse Handschellen anzulegen.

»Ich stelle hier die Fragen. Hände auf den Rücken!«

Michael Hesse war störrisch wie ein Esel und nahm nur widerwillig die Hände vom Autodach.

»Ah – ah, scheiß Bulette!«, schrie er lauthals, als ihm Valentin schließlich die Handschellen anlegte.

* * * * *

Nach dieser dramatischen Verfolgungsjagd erwies sich der Meister kooperativ und überließ ohne großes Gerede den beiden Kommissaren sein Büro für die anstehende Befragung.

Seine Mechaniker sahen übellaunig zu, als Hesse in Handschellen von den Kommissaren in das Büro abgeführt wurde. Ihr Boss schickte sie kurz darauf nach Hause, um weiteren Komplikationen keinen Vorschub zu leisten.

Michael Hesse war ein kräftig gebauter Typ mit kurz geschnittenen braunen Haaren. Sein T-Shirt unter den Hosenträgern vom Blaumann platzte an den Armen fast aus den Nähten. Nun saß er mit ölverschmutzten Händen hinterm Rücken ziemlich unbequem auf dem kleinen schwarzen Sessel.

Er guckte Valentin trotzig an, die am Schreibtisch sitzend die Befragung eröffnete.

»Kennen Sie einen gewissen Jan Müller?«

»Ich rede kein Wort mit der Schmiere!«

»Noch ist das kein Verhör, sondern lediglich eine Befragung«, sagte Valentin mahnend.

Kommissar Maus saß auf der Schreibtischkante, direkt vor Michael Hesse. Er holte den Computer-Ausdruck aus seiner Innentasche und hielt ihm die E-Mail vor die Nase.

»*Hey Digger, brauche wieder Nachschub. Wir müssen uns treffen! LG Jan*«, murmelte Hesse mehr für sich selbst, wie ein Grundschüler beim Lesen lernen.

»Na und – der Jan ist ein notorischer Spieler!«

»Wann haben Sie ihn das letzte Mal gesehen?«, fragte Maus und steckte den Ausdruck wieder in seine Jackentasche.

»Gestern, am Nachmittag, hat er mich besucht.«

»Was wollte er von ihnen?«

Michael Hesse rutschte unruhig auf dem Sessel herum. Er fühlte sich sichtlich unwohl in dieser Position und langsam bildeten sich Schweißperlen auf seiner Stirn.

»Können Sie mir die verdammten Dinger nicht abnehmen?«

»Beantworten Sie meine Frage!«, forderte Maus ihn mit energischer Miene auf.

»Er wollte Geld von mir!«

»Und hat er ihnen gesagt, wofür?«, fragte Valentin deutlich ungehalten.

»Ich nehme an, um Spielschulden zu bezahlen«, erklärte Hesse missmutig.

»Hat er ihnen nichts von dem Mord an seiner Frau erzählt?«, fragte Valentin neugierig weiter.

»Natürlich – er musste noch in die Gerichtsmedizin und war deshalb total fertig.«

»Wie gut kannten Sie Brigitte Müller-Schied?«, wollte Maus wissen und fixierte Hesse kritisch. Seine Gleichgültigkeit gegenüber dem Kommissar bekam langsam Risse.

»Was soll die Frage, wollen Sie mir jetzt einen Mord anhängen?«

Bernhard Maus spürte, dass der Kleinkriminelle bei

aller Verschlagenheit ihm nicht mehr lange würde standhalten können und setzte ihn unter Druck.

»Wo waren sie Sonntagnacht?«

»Zuhause im Bett!«

»Kann das jemand bezeugen?«

Der verbale Schlagabtausch fuhr Hesse regelrecht in die Glieder. Ihm rann mittlerweile der Schweiß aus allen Poren über das Gesicht. Er blickte die beiden Kommissare eingeschüchtert an.

Valentin bemerkte, dass ihm durch die Flucht und der hartnäckigen Befragung langsam das Adrenalin zu Kopf stieg und versuchte beruhigend auf ihn einzuwirken.

»Hören Sie, Herr Hesse. Wir sind hier, um ihnen zu helfen.«

Kommissar Maus dachte nicht im Traum daran, ihn ungeschoren davon kommen zu lassen, und wollte ihn festnageln.

»Sie sind vorbestraft und hätten uns eben beinahe mit dem Auto plattgemacht. Das war Widerstand gegen die Staatsgewalt. Allein dafür kann ich Sie einbuchten!«

»Dann sage ich ab jetzt gar nichts mehr!«, erwiderte Hesse stur und grinste Maus herablassend an.

Maus wechselte mit Valentin einen vielsagenden Blick. Danach kam Valentin hinter dem Schreibtisch hervor und ging mit ihm nach draußen. Die Sonne näherte sich bereits dem Horizont. Valentin blieb mit der rechten Hand an der Klinke vor der Bürotür stehen, während Maus sich eine Zigarette anzündete. Nach einer Weile begannen sie halblaut die weitere Vorgehensweise zu besprechen.

»Ich hab den Burschen gleich weichgeklopft!«, sagte Maus und inhalierte eine Dosis Nikotin.

»Wir haben nichts gegen ihn in der Hand«, wandte Valentin enttäuscht ein.

»Geben Sie mir fünf Minuten mit ihm allein …«

»Das könnte ihnen so passen! Wir sind hier nicht beim BKA«, unterbrach ihn Valentin.

Maus guckte seine Kollegin grimmig an und blies resigniert den Zigarettenqualm in die Luft.

»Und – was schlagen Sie vor?«

»Observierung!«

»Dafür haben wir keine Zeit!«, entgegnete Maus.

»Das müssen Sie schon mir überlassen«, erwiderte Valentin streng.

»Weiß Gott, wie viele Stunden mit ihnen in einem Auto. Ich kann für nichts garantieren!«, sagte Maus.

»Geht mir genauso!«, erwiderte Valentin resigniert.

KAPITEL 12

Hauptkommissarin Valentin fehlten schlicht und ergreifend die Kapazitäten, um ein Überwachungs-Team zusammen stellen zu können. Aktuell wegen dem derzeitigem Krankenstand, der Ferienzeit und ein paar Kollegen, die in Rente gegangen waren, hatte das Polizeikommissariat einen temporären Personalmangel.

Der Mordfall bekam durch die Berichterstattung in den Medien viel Aufmerksamkeit und brachten den Hamburger Innensenator in Erklärungsnöte, nachdem bekannt wurde, dass die Personaldecke auf manchen Revieren ziemlich dünn war. Deshalb wurde der beste Ermittler im Polizeikommissariat Mitte vom Innensenator für diese Ermittlungen angefordert.

Maria Dolores San Valentin stand unter gewaltigem Druck, beide Fälle möglichst schnell aufzuklären, weshalb sie sich wohl oder übel dazu entschließen musste, die Observierung von Michael Hesse mit Maus alleine durchzuführen.

Der Abend war bereits angebrochen. Die Straße vor dem Mietshaus, in dem Michael Hesse wohnte, wirkte wie ausgestorben. Die beiden Kommissare saßen seit Stunden im Auto, tranken Kaffee aus Pappbechern und langweilten sich zu Tode. Maus rauchte eine Zigarette nach der anderen, während Valentin wie ein Fisch auf dem Trockenen nach Luft schnappte.

»Mein Gott, Maus! Wenn Sie noch mehr Zigaretten rauchen, zeige ich Sie wegen Körperverletzung an!«
Maus drückte einen Schalter auf der Mittelkonsole. Daraufhin öffnete sich automatisch das Schiebedach und gab den Blick auf den Nachthimmel frei.
»Wir sitzen jetzt seit Stunden hier. Holen wir ihn lieber aus seiner Bude, bevor er noch Scheiße baut!«
Valentin guckte Maus kurz scharf von der Seite an.
»Das in der Werkstatt war schon grenzwertig. Machen Sie jetzt bloß keinen Unsinn!«
»Was hat Sie eigentlich nach Hamburg getrieben? Ich meine nichts für ungut, aber gibt es in Madrid keine Mörder zu jagen?«, fragte Maus und machte seine Zigarette im Aschenbecher aus.
»Meine Mutter war Deutsche. Sie hat mich zweisprachig erzogen.«
Maus bemerkte Trauer in Valentins Stimme.
»Sie war – was ist passiert?«
Valentins Miene verdüsterte sich schlagartig. Maus steckte sich eine weitere Fluppe an und behielt sie lässig im Mundwinkel.
»Warum interessiert Sie das? Werden Sie bloß nicht sentimental, Maus. Das passt nicht zu ihnen!«
Der emotionale Ausbruch überraschte Maus. Er musterte sie aufmerksam von der Seite und ließ nicht locker.
»Jetzt weichen Sie nicht aus! Wir müssen wohl oder übel diese Beschattung alleine machen, und ich will wissen, ob ich mich notfalls auf Sie verlassen kann.«

Valentin sah eine Weile gedankenverloren aus dem Beifahrerfenster und beobachtete ein Pärchen, das vor einer Haustür wild herumknutschte, bevor sie sich endlich zu einer Antwort durchringen konnte.

»Mein Vater war Staatsanwalt am Bundesgericht und hat Opferklagen von Müttern, deren Kinder in der Franco-Diktatur verschwanden, aufgearbeitet.«

»Das klingt brisant.«

»Ich bin damals noch ein Kind gewesen. Es gab eine Menge Wirbel deswegen und dann wurde bei uns eingebrochen«, erklärte Valentin stockend.

Kommissar Maus ahnte, dass in ihrer Kindheit was Schreckliches passiert sein musste. Die Geschichte weckte sein Mitgefühl, das er zumeist verdrängte, um im Einsatz problemlos reagieren zu können.

»Was für einen Einbruch?«

»Ach – das ist schon lange her und ich erinnere mich kaum ...«, begann Valentin und musste innehalten, weil sie das Gefühl der Trauer überwältigte. Maus bedachte sie mit einem Blick, der auch Eis zum Schmelzen gebracht hätte. Valentin sah kurz in seine Augen und musste schlucken. Plötzlich schoss die Erinnerung an ihren Traum durch den Kopf.

»Sie kamen in der Nacht. Ich habe mich im Schrank versteckt. Als mich am nächsten Morgen die Polizei herausholte, waren meine Eltern tot!«

Maus wirkte tief ergriffen, während ihr eine Träne über die Wange kullerte. Valentin war sichtlich verlegen und wischte sie mit der Hand schnell weg.

»Das tut mir leid. Hat man die Täter zur Strecke gebracht?«, fragte Maus mit betroffener Miene.

»Angeblich haben sie einen erwischt, aber dann auf der Flucht erschossen«, sagte Valentin resigniert.

Maus schnippte seine Zigarette aus dem Fenster und drehte den Zündschlüssel. Der Motor sprang an und Valentin guckte erstaunt zu ihm rüber.

»Was ist los, Maus – was haben sie vor?«

Maus schaute demonstrativ auf die digitale Uhr im Armaturenbrett. Sie zeigte 22:35 Uhr an.

»Es ist jetzt halb elf durch und ich glaube nicht … .«

In dem Moment bimmelte ein Smartphone. Maus schaute erwartungsvoll zu Valentin und überlegte, ob er weiter reden kann, bis er merkte, dass es sein eigenes war.

Er tastete mit den Händen irritiert seine Lederjacke nach dem Ding ab, bis er es in einer Seitentasche aufstöberte. Maus stellte den Motor wieder aus und nahm das Gespräch an.

»Ich sitze hier vor einer Strandbar und habe mich gefragt, wie der Stand der Ermittlungen ist?«

»Strehlitz - sind Sie das? Ähm, wo sind Sie gerade?«

Strehlitz zögerte mit der Antwort, da ihm gerade klar wurde, dass er sich verplappert hatte.

»Chef – sind Sie noch dran?«

»Ich wollte ihnen das eigentlich nicht auf die Nase binden. Ich bin in Malaga«, säuselte Strelitz leicht beschwipst. Er saß draußen alleine unter Palmen an einem Tisch und hatte schon einige Cocktails intus.

»Na prima, Sie machen Urlaub in Spanien. Ich hoffe nur, das ist ein Zufall!«, sagte Maus frustriert.

Valentin stieg aus dem Wagen, und nutzte die Gelegenheit, endlich frische Luft atmen zu können.

»Na ja, offen gestanden nicht ganz. Aber würden Sie mich jetzt endlich aufklären, was bei ihnen …«, fragte Strehlitz, denn er musste den Innensenator zeitweise über den Stand der Ermittlungen auf dem Laufenden halten. Maus ließ ihn nicht ausreden!

»Chef, das passt gerade nicht. Wir stecken mitten in der Observierung eines Tatverdächtigen!«, erklärte Maus seinem Chef und wollte eigentlich auflegen.

»Verdammt noch mal, Maus! Wieso erfahre ich das erst jetzt. Sie sollen mich doch …«

Valentin bekam die Unterhaltung trotzdem mit und setzte sich auf die Kühlerhaube. Sie schaute sich übermüdet die Fensterfront des Mietshauses an. In der Wohnung von Hesse ging das Licht aus. Kurz danach öffnete sich die Haustür.

Valentin beobachtete neugierig, wo Michael Hesse jetzt noch hin wollte. Er ging zielstrebig auf einen roten Ford Fiesta zu, der unweit vom Mietshaus unter einer Straßenlaterne geparkt stand. Er öffnete schnell die Fahrertür, sah sich um und stieg ein. Valentin schnellte hoch und schlug mit der flachen Hand auf das Autodach.

»Maus, wir müssen los! Der entwischt uns sonst!«

Valentin sprang auf den Beifahrersitz und schlug die Autotür zu. Maus startete sofort den Motor und fuhr mit seinem Saab aus der Parklücke. Er konnte gerade noch rechtzeitig bremsen und eine Kollision mit dem Fiesta verhindern, der plötzlich mit hohem Tempo die Windhukstraße hinuntersauste.

»Scheiße – der hat's aber eilig!«

»Maus! Was ist bei ihnen los?«, fragte Strelitz.

Maus musste noch wenden und schmiss Valentin das Smartphone in den Schoss.

»Maus? Reden Sie mit mir!«, hörte Valentin die Stimme von Strelitz im Smartphone.

Maus verlor einige Zeit durch das Wendemanöver, bis er endlich mit durchdrehenden Reifen losraste.

»Und – was soll ich jetzt damit?«, fragte Valentin, mit dem Smartphone in der Hand.

»Schmeißen Sie es meinetwegen aus dem Fenster!«

Valentin kappte die Verbindung und gab Maus das Smartphone, der es behände in seiner Jackentasche verschwinden ließ.

Maus bog links in die Behringstraße ein und fuhr mit Vollgas auf die Kreuzung vom Hindenburgring zu. Die Ampel sprang gerade auf Rot und er sah sich nach allen Seiten um.

»Biegen Sie links ab«, riet Valentin.

»Darf ich zwar nicht, aber wenn Sie meinen«, sagte Maus und wartete, bis die Ampel endlich auf Grün wechselte. Valentins Instinkt folgend bog Maus ab. Nach einer Weile tauchten vor ihnen Rücklichter eines Autos auf.

»Da vorne, das müsste Hesse sein!«, sagte Valentin.

»Sind Sie sicher?«, fragte Maus weniger überzeugt.

»Ja, er fährt in Richtung Volkspark«, sagte Valentin.

»Woher wissen Sie das?«

»Mein Gott, Maus – das ist mein Revier!«

Michael Hesse fuhr tatsächlich auf der Bahrenfelder Straße in Richtung Volkspark. Maus hielt großen Abstand, um keine Aufmerksamkeit zu erregen. Nachdem Hesse in die August-Kirch-Straße einbog, raste er am Parkplatz vom Haupteingang vorbei. Kurz darauf wurde sein Wagen von der Dunkelheit verschluckt.

Maus verlangsamte das Tempo und schaltete die Scheinwerfer aus.

»Halten Sie hier!«

Maus stoppte irritiert den Wagen. Valentin öffnete sofort die Beifahrertür.

»Fahren Sie bis zum Schulgartenweg. Weiter kann er nicht gefahren sein. Dann nehmen wir ihn in die Zange!«, sagte Valentin und schlug die Autotür zu.

Maus sah Valentin im Park verschwinden, während er langsam die Einbahnstraße entlangfuhr.

Er bog in den Schulgartenweg ein. Dort entdeckte er den Fiesta an einer Böschung parkend. Er stellte sein Auto dahinter und stieg aus. Dann holte er aus dem Kofferraum eine Taschenlampe und leuchtete in das Wageninnere. Das Auto war leer.

Maus ging über die Straße in den Volkspark und schlug den gleichen Weg ein, den er ein paar Tage zuvor schon mal gegangen war. Er leuchtete mit der Taschenlampe die Umgebung ab, sah dort ganz frische Fußspuren auf dem Trampelpfad und folgte ihnen, bis sie sich im Unterholz verloren.

Maus blieb immer mal wieder stehen, um sich zu orientieren. Außerdem leuchtete er die Bäume an, weil man sich gut dahinter versteckten konnte.

Ein entferntes Knacken und Knarzen ließ ihn aufhorchen. Er folgte den Geräuschen tiefer in den Wald hinein. Langsam war es immer deutlicher zu hören. Schließlich erkannte Maus die Umrisse einer Gestalt und hoffte, dass er sich nicht verraten hatte. Er schaltete die Taschenlampe aus und pirschte sich in geduckter Haltung näher heran. Ein Mann grub mit einer kleinen aufklappbaren Armeeschaufel im Waldboden etwas aus.

Es war Michael Hesse, der kurz darauf in die Hocke ging und eine Kiste in den Händen hielt. Er machte sie auf und begutachtete seinen Fund.

Der Überraschungsmoment war auf seiner Seite. Maus verlor keine Zeit und zog seine Walther P99 aus dem Holster. Dann machte er die Taschenlampe plötzlich an und richtete den Lichtkegel auf Michael Hesse. Geblendet hob dieser irritiert die linke Hand vor seine Augen. Mit der Rechten umklammerte er die Kiste.

»Polizei – keine falsche Bewegung! Lass die Kiste fallen und steh mit erhobenen Händen auf!«, befahl Maus laut und deutlich.

Hesse zögerte und blickte sich nach allen Seiten um.

Danach sprang er auf und sprintete wie ein gejagtes Wildschwein kreuz und quer durch den Wald.

»Stehen bleiben, oder ich schieße«, schrie Maus ihm hinterher, doch Hesse flüchtete ohne sich umzusehen weiter. Maus versuchte ihn mit dem Schein der Taschenlampe einzufangen und gab gleichzeitig einen Warnschuss in die Luft ab.

Hesse blickte sich erschrocken um, rannte jedoch im vollen Tempo weiter. Als er wieder nach vorne sah, war es schon zu spät, um abzubremsen.

Mit voller Wucht prallte er gegen einen Baum und wurde zurückgeschleudert. Er schlug dumpf, wie ein erlegtes Wildtier auf den Waldboden, wobei die Kiste unter einen Busch purzelte.

Im nächsten Augenblick war Kommissar Maus bei ihm und stemmte seinem rechten Fuß in den Rücken von Michael Hesse. Noch ganz benommen vom Sturz, begann er mit den Beinen zu strampeln. Doch umso mehr Hesse sich wehrte, um so fester drückte Maus ihn auf den Boden.

»Was soll das? Lassen Sie mich aufstehen!«

»Nicht so hastig, mein Freund.«

Maus steckte seine Waffe in das Holster und tastete Hesse am ganzen Körper ab. An seinem Gürtel fand er ein Jagdmesser. Er nahm es in die Hand und hielt es Hesse an die Kehle.

»Du wirst nicht nochmal in mein Haus eindringen und meiner Freundin Todesangst einjagen!«

»Scheiß Bulle!«, röchelte Hesse und machte sich dabei in die Hose.

In diesem Augenblick erschien Hauptkommissarin Valentin auf der Bildfläche. Sie hielt ihre Waffe in beiden Händen auf halber Höhe und fixierte Maus mit entschlossener Miene.

»Treten Sie von dem Mann zurück!«

Kommissar Maus sah überrascht hoch und guckte seiner Kollegin verständnislos in die Augen.

»Sofort!«

Maus nahm zögernd das Jagdmesser von Hesses Kehle weg. Valentin steckte ihre Waffe ins Holster und zückte die Handschellen.

»Guten Abend, Herr Hesse. Diesmal nehmen wir Sie mit!«

KAPITEL 13

Je weiter sich das Flugzeug von Hamburg entfernte, desto besser hatte Alina sich gefühlt. Das türkisblaue Meer an der Costa del Sol war kristallklar. Deshalb verbrachte sie gleich den ersten Tag nach ihrer Ankunft am Strand.

Alina wusste nicht, dass Malaga als die zweitgrößte Stadt in Andalusien, und der geografischen Lage wegen, als eine der schönsten Küstenstädte galt. Ebenso verblüffte sie, dass Malaga von Bergen umgeben war und zwei Flüsse durch die Stadt in das Mittelmeer mündeten.

Das alles erzählte der Reiseleiter einer Gruppe von Urlaubern, die wie Alina heute eine Sightseeingtour mit einem Reisebus machten. Sie waren bereits im römischen Theater gewesen, wohl eines der ältesten Bauwerke Malagas.

Jetzt besichtigte Alina einen Innenhof der Alcazaba, einem befestigten Palast mit arabischen Torbögen.

»Sind Sie das erste Mal in Malaga?«

Alina schaute gerade von einem steinernen Sims hinunter auf den Wassergraben in der Gartenanlage und wollte mit dem Smartphone ein Foto schießen. Sie drehte sich um und stand einem Mann, nur mit Shorts, T-Shirt und einer Sommerweste gegenüber. Er war in den besten Jahren und hatte graumelierte, kurze Haare.

»Ähm – ja, sieht man das?«

»Nein – dachte nur, weil Sie auch eine von diesen Besichtigungstouren gebucht haben.«

»War in der Pauschalreise inbegriffen«, gab Alina leicht verunsichert zu.

Sie war ziemlich erschöpft, denn man hatte für jede Sehenswürdigkeit gerade mal eine halbe Stunde Zeit sich umzusehen. Da noch die alte Stadtburg im Programm stand, machte sich der Reiseleiter mit den anderen Teilnehmern schon wieder zum Bus auf. Alina ging hinterher und freute sich darauf, ein wenig verschnaufen zu können.

Im Bus setzte sich der ältere Herr einfach neben sie.

»Wo bleiben meine Manieren – ich bin Siegfried.«

Alina hatte nichts gegen ein bisschen Gesellschaft und wünschte sich sogar jemand, der sie auf andere Gedanken brachte, um das traumatische Erlebnis in Hamburg vergessen zu machen.

»Ich heiße Alina.«

Erst jetzt wurde ihr schlagartig bewusst, dass sie mit einer weißen über dem Bauchnabel zusammen geknoteten Seidenbluse und in Shorts für Männer ein Blickfang war. Darüber trug sie ganz leger eine kleine Umhängetasche von Gucci, worin Make-up, ihr Smartphone und eine Geldbörse drin waren.

Der Bus fuhr auf einer Straße mit Serpentinen einen steilen Berg hinauf, wobei sich der Fahrer beim Lenken genauso anstrengen musste wie der Motor. Er schaltete öfters zwischen den Gängen hoch und runter, während der Reisebus rumpelte und ächzte.

Castillo de Gibralfaro war eine alte Burganlage aus der Zeit der Mauren. Alina folgte wie alle anderen dem Reiseleiter in die Festung, wo eine Ausstellung mit Rüstungen, Schwertern und anderen antiken Gegenständen zu sehen waren.

Eigentlich interessierte sie das nicht besonders, aber in dem ehemaligen Pulverturm war es angenehm kühl. Danach machten sich alle auf den Weg über eine Befestigungsmauer aus rauem Naturstein zum Aussichtspunkt.

Die Sonne schien gnadenlos auf die Burg herab. Es kam fast dem Besuch in einer Sauna gleich, aber Alina machte trotzdem ein paar Aufnahmen mit ihrem Smartphone von Malaga, dem Hafen und der Stierkampfarena.

»Hätten Sie heute Abend Lust, mich in die Altstadt zu begleiten?«, fragte Siegfried und reichte Alina eine kleine ungeöffnete Plastikflasche mit Wasser. Sie nahm die Flasche dankbar an und trank sofort einen Schluck, bevor sie antwortete.

»Das weiß ich erst dann, wenn ich diese Tortur hier überlebt habe!«

KAPITEL 14

Michael Hesse war offensichtlich ziemlich genervt. Man hatte ihn die ganze Nacht in eine Sammelzelle mit anderen Gefangenen gesteckt. Dort waren nur unbequeme Sitzgelegenheiten aus Hartplastik an den Wänden fixiert. An Schlaf war überhaupt nicht zu denken. Die anderen Gefangenen quatschten die ganze Zeit voller Stolz über ihre Missetaten, als ob es sich nur um Lappalien handelte.

Als er schließlich doch mal ein-genickt war, holte ihn ein Polizist aus der Zelle und brachte ihn zum Erkennungsdienst. Hesse kannte das Prozedere, nur das er diesmal seine Finger und Handflächen auf einen Scanner legen musste, war ihm neu. Dann wurden noch biometrische Fotos von ihm gemacht, bis man ihn wieder in dieselbe Sammelzelle steckte.

* * * * *

Maus und Valentin standen im Nebenzimmer eines Verhörraums und beobachteten Hesse durch ein Sichtfenster, das auf der anderen Seite verspiegelt war. Er wirkte nervös, ging von einer Ecke in die andere, oder schnitt Grimassen vor dem Spiegel.

»Ich glaube, wir haben ihn lange genug schmoren lassen. Gehen wir rein!«, sagte Valentin.

Um sich hinsetzen zu können, trat Hesse mit dem rechten Fuß einen Stuhl beiseite, weil Handschellen seine Arme hinter dem Rücken zusammen hielten.

»Sie haben keine Ahnung, wie abgebrüht dieser Halunke ist«, sagte Maus mit ernster Miene.

Die beiden Kommissare betraten gemeinsam den Verhörraum. Sie setzten sich gegenüber von Hesse auf zwei Stühle. Valentin legte ein Aufnahmegerät in die Mitte des Tisches und schaltet es ein.

»Es ist jetzt Donnerstag Morgen, 11:30 Uhr. Mit mir anwesend ist Kommissar Bernhard Maus zur ersten Vernehmung von Michael Hesse. Er wurde über seine Rechte aufgeklärt und verzichtet auf das Beisein eines Anwalts!«

Michael Hesse saß lässig zurückgelehnt auf seinem Stuhl, als ob ihm niemand etwas anhaben könnte.

»Wir haben Sie im Volkspark dabei erwischt, als Sie eine Schachtel mit über Hundert Gramm Koks ausgegraben haben«, begann Kommissar Maus den ersten Anklagepunkt vorzutragen.

»Die gehört mir nicht!«, versuchte Hesse sich rauszureden.

»Und woher wussten Sie dann von diesem Drogen-Depot?«, fragte Valentin.

Michael Hesse sah die beiden Kommissare trotzig an und rasselte unruhig mit den Handschellen.

»Ich verweigere die Aussage!«

Valentin warf einen kurzen Blick in seine Strafakte und schlug sie danach demonstrativ wieder zu.

»Sie sind vorbestraft, Herr Hesse. Diesmal kommen Sie nicht mit Bewährung davon.«

»Ich habe Pilze gesucht!«, sagte Hesse und grinste Valentin verächtlich an.

Kommissar Maus beugte sich nach vorne und sah Michael Hesse ungläubig in die Augen.

»Mitten in der Nacht?«

»Ist das ein Verbrechen?«

»Was für Pilze?«, wollte Valentin genauer wissen.

»Na Pilze eben«, erwiderte Hesse selbstsicher.

»Haben die auch einen Namen?«, fragte Maus neugierig.

»Fällt mir gerade keiner ein«, erwiderte Hesse blöde grinsend.

»Weil du von Pilzen absolut null Ahnung hast. Die wachsen im Herbst, du Intelligenzbolzen!«

Hesse entglitt für einen Moment die Kontrolle über seine Gesichtsmuskeln, weshalb sogleich erkennbar wurde, dass er sich ertappt fühlte.

Valentin schlug die vor ihr liegende Akte nochmal auf und blätterte darin bis zum Bericht der KTU. Sie wollte sich nur überzeugen, dass ihr kein Detail entgangen war.

»Wir haben ihre Fingerabdrücke überall auf der Schachtel und dem Koks gefunden!«

Maus verlor langsam seine Geduld und nahm ein Bild aus der Akte, welches die Leiche von Brigitte Schied zeigte. Mit funkelnden Augen knallte er das Foto auf den Tisch.

»Sie haben in der Mordnacht Brigitte Schied im Volkspark verfolgt, um an das Koks zu kommen! Ist es nicht so gewesen?«

Hesse traten Schweißperlen auf die Stirn, als er das

Bild von Brigittes Leiche sah. Damit hatte er nicht gerechnet. Hesse begann sich ängstlich auf seinem Platz zu winden, als wäre es ein elektrischer Stuhl.

»Als sie bemerkte, dass jemand hinter ihr her ist, flüchtete sie. Dabei kam es zu einem Kampf!«, sagte Valentin und verschränkte die Arme vor der Brust.

»Bei dem sie sich heftig gewehrt hat, bis sie ihnen verraten hat, wo das Drogen-Depot ist. Sie haben die Frau im Affekt erwürgt und beiseite geschafft. Danach mussten Sie abwarten, um den Stoff zu holen«, ergänzte Maus den Tathergang.

Michael Hesse hatte sich wieder einigermaßen im Griff. Er beugte sich nach vorne an die Tischkante und grinste dämlich.

»Ich war im Bett und hab gepennt!«

Kommissar Maus kochte innerlich und hätte ihm für die ganzen Dreistigkeiten am liebsten einen Satz heiße Ohren verpasst. Stattdessen schlug er mit der Faust auf den Tisch und sprang wutentbrannt auf. Dabei fiel sein Stuhl krachend um, während er sich über die Tischkante beugte.

»Das ist doch gequirlte Scheiße, was Sie uns hier erzählen. Nach unserem Besuch von gestern haben Sie Panik gekriegt und wollten mit dem Stoff abhauen, um sich einer Mordanklage zu entziehen!«, schrie Maus Hesse direkt ins Gesicht.

In dem Moment vibrierte Valentins Smartphone. Sie warf einen Blick auf das Display und erhob sich von ihrem Platz. Sie zog Maus mit einer Hand an der Schulter zurück, der vornübergebeugt Hesse bitterböse anblickte. Maus drehte sich irritiert um.

»Ich breche um 12:25 Uhr das Verhör ab!«

Valentin schaute Maus mit wichtiger Miene an und schaltete das Aufnahmegerät ab.

»Kommen Sie mit, wir machen jetzt Pause.«

Danach schnappte sie sich die Strafakte und verließ den Verhörraum. Maus folgte ihr nur widerwillig nach draußen auf den Flur und war kurz davor umzukehren.

»Machen Sie jetzt keinen Fehler!«, riet Valentin und hielt Maus am Arm fest.

»Der Typ verarscht uns doch!«, entgegnete Maus aufgebracht.

»Beruhigen Sie sich erst mal! Dr. Westpfahl will mit uns sprechen.«

Valentin wendete sich an die beiden Polizeibeamte, welche die ganze Zeit über die Tür vom Verhör-Raum bewachen mussten.

»Sie können Michael Hesse vorerst zurück in die Zelle bringen. Aber reden Sie kein Wort mit ihm!«

»Und wenn er nach der Uhrzeit fragt?«, wollte Daschner wissen.

»Keine Silbe! Verstanden?«

»Ähm ja – natürlich.«

KAPITEL 15

Maus und Valentin machten sich mit dem Auto auf den Weg nach Eppendorf, denn dort befand sich außer der Uniklinik auch die Gerichtsmedizin.

Valentin klärte Maus während der Fahrt darüber auf, dass Hamburg zu den gefährlichsten Städten gehörte. Körperverletzung und Rauschgifthandel waren Delikte, womit sie es häufig zu tun hatten.

Mord und Totschlag gab es zwar nicht so oft, aber seitdem sie vor fünf Jahren zur Mordkommission wechselte, hatte es die Kriminalpolizei im gesamten Stadtgebiet mit über hundert Mordfällen zu tun.

Maus war vorher einer der besten Ermittler beim Bundeskriminalamt gewesen. Bevor er in Hamburg anfing, sah er sich die Statistiken des BKA an und wusste, dass die Morddelikte in den letzten Jahren signifikant zurückgegangen waren.

Dies behielt Maus allerdings für sich, während sie gerade einen schwach beleuchteten Korridor in der Gerichtsmedizin entlang gingen. In der Mittagszeit schienen die Räumlichkeiten wie ausgestorben und nur Eingeweihte wussten, was mit den Leichen hier passierte.

»Gestern im Wald hatte ich für einen Augenblick das Gefühl, sie würden wirklich …«

Maus unterbrach Valentin und versuchte mit einer witzigen Bemerkung dem Thema auszuweichen.

»Was hat denn unser werter Doktor Frankenstein so Wichtiges für uns?«

»Das hat er mir nicht gesagt. Aber um beim Thema zu bleiben, Sie sind unberechenbarer als Dr. Jeckill & Mr. Hyde!«, merkte Valentin kritisch an.

Sie gingen eine Weile schweigend weiter, bis Maus auf einmal stehen blieb.

»Zugegeben, ich bin manchmal etwas aufbrausend. Aber keine Sorge, Valentin. Ich hab mich im Griff!«

»Das will ich auch schwer hoffen!«, sagte Valentin ernüchtert, während sie zielstrebig auf eine Stahltür zuging, um einen Blick in den Raum zu werfen.

Alle Wände waren komplett mit weißen Kacheln gefliest. An einer Seite des Raums waren reihenweise mannshohe Kühlzellen nebeneinander mit riesengroßen Türriegeln angeordnet. Eine davon stand offen.

Die beiden Kommissare betraten gemeinsam den Raum und gingen an einem Aufzug und mehreren Leichenwannen vorbei. Die offene Kühltür wurde geschlossen und ein Mann im grünen Kittel kam zum Vorschein. Er sah sie überrascht an, als hätte er gerade seine Stiefmutter versteckt.

»Wer sind Sie? Hier ist Zutritt verboten!«

»Hauptkommissarin Valentin, Kripo Altona. Ich suche Dr. Westpfahl.«

»Der macht eine Obduktion.«

Der Mitarbeiter brachte sie in den Obduktionssaal, wo Dr. Westpfahl momentan eine Leiche sezierte. Er schnitt mit einem Skalpell ein Organ heraus und legte es mit blutverschmierten Gummihandschuhen in die Schale einer Waage, welche neben ihm stand.

»Ich hoffe, wir stören nicht«, sagte Valentin und sah etwas verunsichert auf Jan Müllers leblosen Körper. Westpfahl hob langsam den Kopf und schaute die beiden Kommissare erfreut an.

»Wie schön, dass sie beide heute noch den Weg zu mir gefunden haben.«

»Wir stecken gerade mitten in einer Vernehmung und …«, versuchte Valentin die Verspätung zu erklären, wurde aber von Maus unterbrochen.

»Die Zeit entlarvt den Bösen! Haben sie schon neue Erkenntnisse für uns?«

»Bin zwar nicht Euripides, aber der toxikologische Bericht ist auch eine Tragödie. Dachte, sie wollen es lieber von mir selbst hören«, sagte Dr. Westpfahl und zog die blutigen Gummihandschuhe aus.

Danach ging er zu einer großen Anrichte, ähnlich einer Küchenzeile, mit etlichen Schranktüren, worauf diverse Materialien nebeneinander deponiert waren, die man offensichtlich für das Obduzieren von Leichen brauchte. Dort lag ein Aktenordner, den er zur Hand nahm und aufschlug.

»Dann legen Sie mal los!«, sagte Valentin gespannt.

»Ich habe in der Leber von Jan Müller Spuren von Suksamenthomium-Chlorid gefunden!«

»Bitte, was?«, fragte Valentin verwundert.

»Führt in wenigen Sekunden zur Lähmung aller Organe …«, sagte Maus spontan.

» … und zerfällt dann sofort«, führte Dr. Westpfahl weiter aus.

» ... und ist danach im Körper kaum mehr nach-zuweisen!«, beendete Maus den Satz.

»Sie überraschen mich, Maus. Woher wissen Sie das alles?«

»Aus meiner Zeit beim BKA. Der Mossad benutzte dieses Mittel früher manchmal bei der Terrorismus-Bekämpfung.«

»Würde mich mal bitte jemand aufklären«, unter-brach Valentin verwirrt.

»Kurz gesagt, dieses Gift hinterlässt keine Spuren und erweckt den Eindruck, dass der Tote einen Herzinfarkt hatte!«, ergänzte Dr. Westpfahl.

»Dann haben wir es also in diesem Fall nicht mit Selbstmord zu tun«, erkannte Valentin verblüfft.

»Das Weinglas von Jan Müller wurde nicht aus-gespült. Deshalb konnten die Forensiker Spuren von dem Gift nachweisen, nachdem ich darauf hin-gewiesen habe, wonach sie suchen müssen«, sagte Dr. Westpfahl und schlug die Akte klangvoll zu.

»Vielen Dank, jetzt wissen wir sicher, dass es Mord war«, sagte Maus anerkennend.

»Ich mache nur meinen Job«, merkte Dr. Westpfahl kurz an und schnappte sich ein Kreidestück, womit er auf einer Tafel neben der Anrichte das Organ eintrug, welches Jan zuletzt entnommen hatte.

* * * * *

Wieder zurück im Polizeikommissariat Altona kam Maus mit Valentin im Flur zur Mordkommission an einem großen Kaffeeautomaten vorbei. Er nahm die

Brieftasche aus der Jackentasche, warf eine Münze hinein und drückte die Wahltaste für Cappuccino. Nichts passierte!

»Das darf doch jetzt nicht wahr sein!«

»Lassen Sie mich das machen!«, sagte Valentin.

Valentin versetzte dem Automaten einen kräftigen Tritt in die Flanke. Der Automat ließ ein ruckelndes Geräusch vernehmen, woraufhin ein Becher in die Ausgabe plumpste. Ein vertrautes Surren folgte, während der Cappuccino heraus plätscherte.

Maus nahm den Becher vorsichtig heraus, nachdem die Maschine zu prusten aufhörte. Dann probierte er einen kleinen Schluck und verzog das Gesicht.

»Ich brauche erst mal'n Zigarette!«

»El fumar es mortal«, warnte Valentin.

»In unserem Job ist nichts sicherer als der Tod, aber nicht durch Glimmstängel!«, sagte Maus zynisch.

KAPITEL 16

Alina verbrachte den ganzen Tag am Stadtstrand Malagueta. Dieser zog sich über einen Kilometer an der Küste entlang und am westlichen Ende konnte man die Schiffe in den Hafen einlaufen sehen.

Sie suchte sich allerdings einen Platz, der möglichst weit vom Hafen entfernt war und mietete sie sich eine Liege. Der Strand war ziemlich breit, sodass ihr niemand zu dicht auf die Pelle rücken konnte.

Das Meer schimmerte auch hier türkisblau. Alina schwamm ein wenig, um sich abzukühlen, nachdem sie lange genug in der Sonne gelegen hatte.

Danach entschloss sie sich zu einem Spaziergang auf der Strandpromenade und kam an mehreren Restaurants vorbei, setzte sich aber vor eine Bar, um ein kühles Erfrischungsgetränk zu genießen.

Wie es der Zufall wollte, kam Siegfried an der Bar vorbei und winkte ihr grüßend.

»Hola – buenas tardes.«

Alina hätte sich am liebsten unsichtbar gemacht, denn sie hatte die Einladung, mit ihm die Altstadt zu besuchen, völlig vergessen.

»Ähm – hallo, was machen Sie denn hier?«

Siegfried setzte sich ihr gegenüber an den Tisch.

»Hab eine Liege weiter unten am Strand.«

Der Barkeeper kam raus und servierte ihm einen Cocktail. Er nickte dankend und trank ein Schluck.

»Der Barkeeper kann wohl Gedanken lesen«, sagte Alina verblüfft, weil Siegfried nichts bestellt hatte.

»Ich war gestern schon mal hier und bin sozusagen Stammgast«, sagte Siegfried und zwinkerte ihr zu.

»Sorry, ich war gestern Abend einfach müde von dem vielen Herumlaufen«, entschuldigte sich Alina und bemerkte ein weiteres Mal den starken Drang nach Ablenkung und Gesellschaft.

»Schon vergeben. Es gibt allerdings in der Altstadt ein exzellentes Restaurant …«, begann Siegfried gerade mit seinen Überredungskünsten, als er bei Alina ein verschmitztes Lächeln entdeckte.

»Sie geben wohl niemals auf?«

* * * * *

Siegfried entpuppte sich als Charmeur, während sie mit dem Taxi über den Fluss Guadalmedina fuhren, um in die Altstadt zu kommen, denn die meisten Sehenswürdigkeiten lagen im östlichen Teil von Malaga. Nachdem sie das Taxi abgesetzt hatte, kam Alina mit ihm am Geburtshaus von Pablo Picasso vorbei. Eine Besichtigung war um diese Zeit nicht mehr möglich. Auf dem Vorplatz gab es allerdings eine große sitzende Skulptur von Picasso auf einer Marmorbank. Sie schoss ein paar Bilder mit ihrem Smartphone. Danach erkundete Alina mit Siegfried die schmalen Gassen in der Altstadt und machte auch dort einige Fotos von historischen Gebäuden.

Sie flanierten über den Plaza de la Merced und setzten sich bei dem von Siegfried empfohlenem Restaurant draußen an einen reservierten Tisch. Alina saß ihm gegenüber auf einem Korbstuhl und hatte ihre Gucci Handtasche über die Rückenlehne gehängt. Sie sprachen gerade über Citybikes, die man überall sah, als der Kellner an ihren Tisch kam.

*»¿Qué puedo traerte?«

Alina nahm schnell die Speisekarte zur Hand.

»Ähm – vielleicht Paella«, überlegte Alina laut.

»Ist hier sehr gut – und dazu einen Rioja?«, empfahl Siegfried spontan und guckte sie dabei an. Alina nickte und klappte erleichtert die Speisekarte zu.

*»Paella para dos y botella de Rioja«, sagte Siegfried zum Kellner, der sich sofort umdrehte und zurück ins Restaurant ging. Es dauerte nicht lange, bis der Kellner mit einem Gedeck für zwei Personen, einer Flasche Rotwein und zwei Gläsern wiederkam. Er verteilte die Teller und das Besteck, machte die Gläser halbvoll und verschwand erneut.

Siegfried ergriff die Gelegenheit und schenkte Alina ein aufmunterndes Lächeln.

»Wollen wir uns nicht duzen?«

Alina nahm ihr Weinglas und stieß mit Siegfried an, obwohl sie nicht viel von ihm wusste.

»Was machst du eigentlich so?«

Siegfried trank einen großen Schluck und überlegte kurz, was er von sich preisgeben sollte.

»Ich arbeite im höheren Dienst bei einer Behörde.«

»Beamter?«, murmelte Alina mehr zu sich selbst.

»Ich weiß - hört sich langweilig an. Lass uns lieber von dir sprechen.«

(*Was darf ich ihnen bringen? / Paella für zwei und eine Flasche Rioja.)

Schließlich kam der Kellner mit einer Servierplatte zurück an den Tisch und offerierte ihnen die Paella in einer gusseisernen Pfanne. Danach konnten sich beide selbst bedienen. Siegfried ließ es sich jedoch nicht nehmen, Alina den Teller zu füllen, während der Kellner neue Gäste an einen freien Tisch führte. Das traditionelle Reisgericht war sehr pikant, wenn auch für Alina etwas viel. Dafür füllte sich Siegfried seinen Teller nochmal auf. Nachdem sie gespeist hatten, bestellte er noch eine Flasche Rioja.

»Wenn wir die auch noch leer machen, musst du mich ins Hotel tragen«, sagte Alina beschwipst und trank noch einen Schluck Rotwein.

»Kein Problem«, sagte Siegfried und lächelte sie an.

* * * * *

Auf der Plaza de la Merced waren viele Touristen unterwegs. Einige von ihnen blieben manchmal vor dem Restaurant unschlüssig stehen und studierten die Speisekarte. Alina bekam davon nur wenig mit, da sie mit dem Rücken zur Plaza saß.

In dem ganzen Trubel kam jemand ganz dicht an ihrem Tisch vorbei und schnappte sich Alinas Gucci Handtasche. Als sie es bemerkte, war der Typ weg.

»Ähm – der hat meine Handtasche geklaut!«, sagte Alina völlig baff.

Siegfried konnte gerade noch sehen, wie der Mann quer über die Plaza flüchtete. Er sprang von seinem Sitzplatz auf und rannte dem Dieb hinterher, der sich in einer schmalen Gasse bereits in Sicherheit wähnte.

Als Siegfried dort hineinlief, konnte er zunächst niemand sehen. Doch dann hörte er ein knarzendes Geräusch. Er ging weiter und entdeckte ein halb offen stehendes Holztor von einem Hinterhof.

Siegfried spähte hindurch und sah im Hinterhof neben Mülltonnen einen Mann stehen, der in Alinas Handtasche herumwühlte.

Siegfried hoffte, dass der Kerl keine Waffe bei sich trug und stieß das Holztor ganz auf.

*»¡Dame la bolsa ahora mismo o llamo la policia!«

Der Mann schaute verblüfft auf. Er ließ schnell ein Portemonnaie in seiner Hosentasche verschwinden und kam langsam auf Siegfried zu.

*»¡Vete a casa viejo o te arrepentirás!«, sagte der Mann in rauem Tonfall.

Siegfried ließ sich nicht einschüchtern, obwohl der Typ einen Kopf größer war. Er nahm seinen ganzen Mut zusammen und krümmte alle Finger seiner rechten Hand. Der Dieb blieb direkt vor ihm stehen und wollte noch etwas sagen.

Siegfried holte blitzschnell aus und traf ihn mit den Fingerknöcheln an der Gurgel. Der Mann ließ die Handtasche fallen und fasste sich an seinen Hals. Danach sackte er röchelnd auf die Knie.

Siegfried schnappte sich die Gucci Handtasche und fischte das Portemonnaie aus seiner Hosentasche.

*»Mañana podrás volver comer alimentos sólidos!«

(*Geben Sie mir sofort die Tasche, oder ich rufe die Polizei! / Geh nach Hause, alter Mann, oder Du wirst es bereuen! / Morgen können Sie wieder feste Nahrung zu sich nehmen.)

Der Mann atmete schwer und blickte ihn mit blut-
unterlaufenen Augen flehend an. Dann plumpste er
wie ein nasser Sack mit seinem massigen Körper
auf die nackten Pflastersteine des Hinterhofs.

* * * * *

Siegfried kam mit schnellen Schritten über den
Plaza de la Merced zurück zum Restaurant. Alina
saß noch immer am Tisch und sah ihn Kommen. Sie
sprang auf und lief ihm entgegen. Er gab ihr die
Gucci-Handtasche und das Portemonnaie zurück.
»Danke!«, sagte Alina erleichtert und schaute kurz
in das Portemonnaie. Darin fehlte nichts und in der
Gucci-Handtasche war auch alles vollständig.
»Wie hast du das gemacht?«, fragte Alina verblüfft.
»Der Kerl war nicht besonders helle«, antwortete
Siegfried und lächelte verschmitzt.
Alina konnte kaum glauben, dass ausgerechnet ihr
so etwas passierte. Die Erinnerung an den Überfall
schossen ihr plötzlich wieder durch den Kopf, als
sie dem Einbrecher eine gefühlte Ewigkeit aus-
geliefert war.
Siegfried sah ihr an, dass sie unter Schock stand.
»Lass uns hier verschwinden.«
Sie gingen zurück zum Restaurant und Siegfried
bezahlte die Rechnung. Alina wollte jetzt lieber
zurück in ihr Hotel. Sie nahmen sich ein Taxi und
Siegfried begleitete Alina auf ihr Hotelzimmer. Dort
verabschiedete er sich, wie ein vollendeter Kavalier.
Alina entledigte sich ihrer Kleidung und ging unter

die Dusche. Wie in Trance versuchte sie die ständig wiederkehrenden Bilder weg zu waschen, doch es gelang ihr nicht. Danach trocknete sie sich ab und machte mit dem Badetuch einen Turban um ihre feuchten Haare.

Alina legte sich im Bademantel auf das Doppelbett und nahm ihr Smartphone zur Hand. Sie scrollte ihre Kontaktliste durch und wählte die Nummer von Bernhard. Die vage Hoffnung, seine vertraute Stimme zu hören, war einmal mehr vergeblich. Mehrere Versuche ihn an den Apparat zu kriegen schlugen fehl, weshalb sie ihm eine SMS schrieb.

In dem Augenblick klopfte es an der Tür von ihrem Zimmer. Alina vermutete, dass sich ein Hotelgast in der Zimmertür geirrt hatte und reagierte nicht darauf. Aber dann pochte jemand nochmal, nur etwas zaghafter.

Sie raffte sich auf und öffnete zögernd die Tür. Dort stand Siegfried im Bademantel.

»Meine Minibar ist leer und ich wollte …«

»Bist du hier etwa auch Hotelgast?«, unterbrach Alina ihn erstaunt.

»Hab ich das nicht erwähnt?«, fragte Siegfried mit einem schelmischen Lächeln auf den Lippen.

KAPITEL 17

Maus und Valentin verbrachten ihre Mittagspause in der Kantine. Sie berieten beim Essen, in welche Richtung die Vernehmung weitergehen sollte, denn sie hatten keine Beweise für eine Mordanklage. Vor allem fehlte ihnen ein schlüssiges Tatmotiv.

Maus schlug vor, dass er Hesse allein in die Mangel nehmen könnte. Diese Vorgehensweise war für Valentin vollkommen indiskutabel. Nach längerer Diskussion ließ sie sich auf einen Kompromiss ein, es mit der *„Guter Bulle – böser Bulle"* Verhörtechnik zu probieren.

Valentin rief über Smartphone in der Zentrale an, Hesse wieder in den Verhörraum zu bringen. Danach verließen sie die Kantine. Polizeiobermeister Daschner holte Hesse aus der Sammelzelle ab und brachte ihn zum Verhör. Mittlerweile stand er mit einer Polizeibeamtin zur Bewachung vor der Tür.

»Danke schön – hat er Probleme gemacht?«, fragte Valentin routinemäßig den Kollegen.

»Nein, er musste nur vorher zur Toilette.«

Maus betrat den Verhörraum zuerst und machte es sich auf seinem Platz bequem. Valentin kam kurz darauf herein und legte das Aufnahmegerät wieder auf den Tisch. Maus schaltet es ein und sah Hesse dabei todernst in die Augen.

»Es ist jetzt 16:25 Uhr. Fortsetzung des Verhörs von Michael Hesse wegen Mordverdacht an Brigitte Müller-Schied!«

Valentin stand an ihrem Sitzplatz und stützte sich mit beiden Händen auf die Stuhllehne. Sie ließ sich betont viel Zeit und wählte jedes Wort mit bedacht.

»Herr Hesse, Sie haben für die Mordnacht kein Alibi und kennen sich im Volkspark sehr gut aus, wo wir die Leiche gefunden haben!«

»Ich sage ab jetzt ohne einen Anwalt gar nichts mehr!«, sagte Hesse trotzig.

»Sie sitzen so tief in der Scheiße«, fuhr Maus ihn an und machte mit der rechten Hand eine Bewegung unters Kinn, die im frühen Mittelalter von Königen als Urteil zum *Kopfabschneiden* gefällt wurden.

»Da kann ihnen auch kein Anwalt raushelfen!«

Michael Hesse trat Angstschweiß auf die Stirn und seine Mundwinkel zuckten plötzlich unkontrolliert. Mit wimmerndem Tonfall in der Stimme begann er sich stockend zu rechtfertigen.

»Ich bin kein Mörder, ich kannte sie viel zu gut.«

Valentin sah ihn betont mitfühlend an und machte eine verständnisvolle Miene.

»Dann haben Sie es vielleicht nicht mit Absicht getan?«

Hesse saß jetzt in sich zusammengesunken auf dem Stuhl und war nur noch ein Häufchen Elend.

»Nein – wir haben am Wochenende ein paar *Lines* zusammen gezogen und dann …«

Hesse stockte und schniefte Rotz in der Nase hoch.

»Was ist dann passiert?«, fragte Valentin mit sanfter Stimme.

»Dann ist mir eingefallen, dass Jan am nächsten Tag

kommen wollte«, fuhr Hesse mit einer weinerlichen Miene fort. Valentin ließ ihm keine Zeit zum Nachdenken und hakte sofort nach.

»Kam es deshalb zum Streit?«

»Ja, ich meine nein! Ich war total breit und darum ist Brigitte zum Bunker gefahren.«

Kommissar Maus guckte ihn verständnislos an und schüttelte dabei seinen Kopf.

»Mann, Hesse – wir sind hier nicht in der Märchenstunde!«

»Aber das ist die Wahrheit! Fragen Sie doch Jan«, beteuerte Hesse mit Tränen in den Augen.

Maus durchbohrte Michael Hesse mit einem Blick, der auch einen Affen zum Reden gebracht hätte.

»Jetzt tu doch nicht so, als wüsstest du nicht, dass Jan Müller Tod ist. Stand bereits gestern in jeder Tageszeitung!«

Plötzlich öffnete sich die Tür des Verhörraums, und einer der Ermittler für Internetkriminalität winkte Valentin zu sich. Sie verließ daraufhin ihren Platz und ging nach draußen. Vor der Tür guckte sie den Beamten verwundert an.

»Was ist denn so wichtig, dass Sie mich mitten in einer Vernehmung unterbrechen?«

»Ich habe endlich auf Jan Müller's Computer eine gesicherte Datei aus dem Darknet entschlüsselt.«

»Haben Sie den Ausdruck dabei?«, fragte Valentin.

»Da stehen zwar nur Mail-Adressen drin. Aber jetzt halten sie sich fest!«

Valentin wurde ungeduldig, weil der Beamte eine dramatische Pause wie bei einem Kinofilm einlegte.

»Nun rücken sie schon mit der Sprache raus!«

»Die habe ich gerade überprüft und fast alle Namen sind irgendwo schon mal wegen Drogenmissbrauch den Behörden aufgefallen. Hilft ihnen das weiter?«

»Allerdings – gute Arbeit!«, bedankte sich Valentin. Der Ermittler nickte und stolzierte an Daschner und seiner Kollegin vorbei, die ihm auf dem Flur mit Kaffeebechern in den Händen entgegen kamen. Sie postierten sich mit stoischer Miene vor der Tür.

»Wann sind Sie da drin fertig?«, fragte die Beamtin.

»Wir haben eigentlich schon Feierabend!«, erklärte Daschner ihr Anliegen.

Hauptkommissarin Valentin öffnete die Tür vom Verhörraum und sah die beiden verständnislos an.

»Ich auch!«

Dann ging sie rein und setzte sich diesmal auf ihren Platz. Michael Hesse sah deutlich mitgenommen aus, weil Maus ihn natürlich allein in die Zange genommen hatte.

»Ich habe den Stoff für Jan nur gebunkert und bin deshalb gestern Nacht …«

»Falsch, Sie haben den letzten Zeugen beseitigt, um an das Dope zu kommen!«, unterbrach Maus Hesse barsch.

»Glauben Sie mir, ich habe ihn nicht getötet! Er hat das Dope übers Internet verkauft!«, jammerte Hesse mit einem verzweifeltem Gesichtsausdruck.

»Und wie hat er das bitte angestellt?«, fragte Maus.
»Er hat seine Kunden im Darknet akquiriert und über E-Mail kontaktiert. Danach wurde ihnen das Koks per Post zugeschickt«, bestätigte Valentin.
Bernhard Maus warf Valentin einen ungläubigen Blick zu und beendete abrupt das Verhör. Hesse sah sowieso total fertig aus und deshalb verließen die beiden Kommissare den Verhörraum.
Man konnte auch ihnen die Erschöpfung ansehen, während sie eine Wendeltreppe runtergingen, um in das Erdgeschoss zu gelangen.
»Stehen Sie jetzt etwa auf seiner Seite, oder was? Während ihrer Abwesenheit hat er ...«
»Mein Kollege hat die E-Mail Kontakte überprüft. Hesse hat zumindest in dem Punkt nicht gelogen«, entgegnete Valentin selbstsicher.
Maus blieb stehen und konnte es nicht fassen. Er hatte Michael Hesse beinahe so weit und jetzt ließ seine Kollegin ihn vom Haken.
»Das Koks hat einen Marktwert von über zehntausend Euro, Valentin. Ist doch klar, der wollte das Geschäft selbst machen. Ist eines der ältesten Tatmotive – Habgier!« erwiderte Maus ungehalten.
»Ich glaube nicht, dass er von Jan Müller's Tod gewusst hat!«, sagte Valentin fest überzeugt.
»Ach - der will doch bloß seinen Kopf aus der Schlinge ziehen! Vielleicht wollte Brigitte Müller-Schied wieder zurück zu ihrem Ex«, sagte Maus.
»Möglich, vielleicht haben wir aber auch was übersehen!«, erwiderte Valentin schulterzuckend.

KAPITEL 18

Die Sonne war mittlerweile untergegangen. Maus stieg schwerfällig vom Fahrersitz seines Saab und ließ die Autotür einfach zufallen. Er vergaß die Zentralverriegelung zu betätigen und machte die Haustür zu seiner Wohnung auf.

Er dachte an Alina, wie sie ihn manchmal in einem Negligé empfing, wenn er nach Hause kam. Dann war an Abendessen gar nicht mehr zu denken und sie landeten sofort im Bett.

Er schlurfte durch den Flur ins Wohnzimmer und schaltete das Oberlicht an. Er nahm seine Packung Zigaretten aus der Jackentasche und schmiss sie auf den Tisch. Die Jacke legte er achtlos auf den Sessel und begab sich in die Küche. Maus holte sich ein Whiskyglas aus dem Schrank über der Anrichte und machte die Kühlkombi auf. In dem Moment ertönte wiederholt ein Signal, dass eine SMS eingegangen war. Bis jetzt hatte er es ignoriert, weil er im Dezernat Wichtigeres zu tun hatte.

Er nahm sein Smartphone aus der Hosentasche und tippte auf den Button für Benachrichtigungen.

„Komm nach, wenn ich dir noch was bedeute!!" LG *Alina :-**

Maus ging ins Wohnzimmer zur Minibar und überlegte, warum Alina an seiner Zuneigung zweifelte. Sie bedeutete ihm mehr als alle anderen Frauen, mit denen er jemals leiert war. Gedankenverloren nahm er eine halbvolle Flasche Single Malt, schraubte den Verschluss auf und schüttete das Whiskyglas halbvoll. Danach machte er es sich auf der Couch vor laufendem Fernseher bequem. Maus rauchte eine Zigarette und kippte den Whiskey runter.

Die Zeit verging und die Flasche Single Malt leerte sich schneller als üblich. Der Aschenbecher füllte sich scheinbar wie von selbst, während Maus durch die Fernsehprogramme zappte. Irgendwann lief im ersten Programm nur noch *„Bahnstrecken durch Europa"*. Dabei fielen ihm die Augenlider zu!

* * * * *

Alina wühlte im Waldboden. Sie blickte sich immer wieder ängstlich um und fühlte sich beobachtet. Auch Maus hatte das Gefühl, dass dort irgendwo noch jemand war! Plötzlich sah er, wie sich eine finstere Gestalt von einem Baumstamm löste. Seine Rufe um Alina zu warnen verhalten im Nirgendwo, denn als er sich umdrehte, war sie nicht mehr da. Maus begann Alina zu suchen und irrte durchs Unterholz, bis er sie auf einer Lichtung erblickte. Er rannte sofort los, kam jedoch kaum vorwärts und hatte das Gefühl auf der Stelle zu treten.

Die finstere Gestalt kam auf ihn zu. Maus tastete verzweifelt nach seiner Waffe, konnte sie aber nicht finden. Dann sah er eine hässliche Fratze, die mit rauer Stimme wiederholte: *„Ihr habt was übersehen!"*

* * * * *

Die Erkennungsmelodie der Nachrichten dröhnte aus den Lautsprechern vom Fernseher. Bernhard Maus schreckte hoch und sah sich verwirrt um.

Er lag mit ausgestreckten Beinen auf der Couch. Die Abendsonne schien durch das Panoramafenster auf den Wohnzimmertisch, worauf eine leere Flasche Whiskey und ein voller Aschenbecher stand.

Maus rappelte sich hoch und ging ins Bad. Auf dem Weg entledigte er sich seiner Klamotten, bevor er sich unter die Dusche stellte und den Hahn aufdrehte. Vom Wasserstrahl eiskalt erwischt, wäre er beinahe ausgerutscht, bevor er die Temperatur regulieren konnte. Das weckte seine Lebensgeister, verbesserte aber nicht seine Laune.

Im Schlafzimmer zog er sich frische Sachen an und ging in die Küche. Der Kaffeeautomat brühte ihm gerade einen Espresso, als sein Mobiltelefon läutete, das immer noch auf der Anrichte lag. Er nahm das Gespräch an, ohne auf das Display zu gucken.

»Ja – Maus.«

»Ich bin's, Valentin!«

»Ich hoffe, es ist wichtig.«

Maus hatte einen unangenehmen Kater. Er brauchte eine Weile, um einen klaren Kopf zu bekommen. Der Espresso war durchgelaufen und er trank erst mal einen großen Schluck.

»Alles in Ordnung bei ihnen?«

»Mein Schädel fühlt sich an, wie'n Eimer ohne Inhalt. Was gibt's denn?«

»Die Sache mit dem Nervengift«, begann Valentin zögernd, da ihr die Brisanz der Geschichte klar war. »Was ist damit?«

»Ich habe heute Nachforschungen angestellt. Letzte Woche ist aus unserer Asservatenkammer ein Beweismittel verschwunden und …«

»Lassen Sie mich raten – Suksamenthomium-Chlorid?«, unterbrach Maus Valentin.

»Wir haben vor vierzehn Tagen bei den Albanern auf'm Kiez eine Drogenrazzia gemacht und dort so was gefunden …«, erklärte Valentin ohne den Satz beenden zu können.

»Und jetzt ist es weg! Wie konnte das passieren?«, fragte Maus mit einem vorwurfsvollen Unterton in der Stimme.

»Ich werde der Sache hier nachgehen und melde mich dann wieder bei ihnen.«

»Befragen Sie doch mal Hesse, wo Jan den Stoff her hatte! Würde mich nicht wundern, wenn …«

»Tun Sie bloß nichts Unüberlegtes!«, ahnte Valentin schon, denn ihr war klar, dass sie etwas Wichtiges übersehen haben mussten.

Maus verdrehte die Augen und überlegte kurz, ob er seiner Kollegin erzählen sollte, was er vorhatte, obwohl es langsam dunkel wurde.

»Wir haben es mit einem raffinierten Mörder zu tun und kein Tatmotiv. Ich werde dem Förster nochmal auf den Zahn fühlen. Der weiß definitiv mehr, als er bisher gesagt hat!«

KAPITEL 19

Die Straßen waren vollgestopft. Maus ärgerte sich, dass er viel zu spät losgefahren war. Der Verkehr zur Rushhour in Hamburg war reine Nervensache, und die hatte er gerade nicht. Er stand auf der Kieler-Straße, die auch der Zubringer für die A7 war, in einer langen Autoschlange.

Schließlich machte er einen großen Umweg, bis er endlich den Waldweg zum Forsthaus mit offenem Schiebedach und einer halb abgebrannten Fluppe im Mundwinkel entlangfuhr.

Auf der Höhe zum Forsthaus stellte er den Wagen an einer Böschung ab und ging zu Fuß die Einfahrt hinauf. Das Gelände wirkte wie ausgestorben und die Stille wurde nur von den eigenen knirschenden Schritten auf dem Kieselboden gestört. Er schaute sich nach dem Hund vom Förster um, jedoch schien ihm dieser als Wachhund nicht viel zu taugen.

Kommissar Maus stieg die Treppe zum Eingang des Forsthauses rauf und suchte neben der Tür einen Klingelknopf. Fehlanzeige!

Er klopfte an und wartete. Keine Reaktion!

Er sah durch eins von zwei Glasfenstern in der Tür. Der Flur blieb dunkel!

Maus wurde ungeduldig und haute mit geballter Faust gegen den Türrahmen. Die Tür sprang auf! Verwundert über die erfolgreiche Attacke, holte er eine kleine Taschenlampe aus der Seitentasche von seiner Lederjacke und leuchtete damit in den Flur. Spätestens jetzt müsste der Dackel kläffend angerannt kommen und mir in die Waden beißen, dachte Maus und zog instinktiv seine Waffe aus dem Holster.

Er bewegte sich seitlich, mit seiner Walther P99 im Anschlag, die Taschenlampe am Schaft haltend, an der Flurwand entlang und stieß die Tür zum Büro auf. Er leuchtete hinein und fand den Dackel leblos in einer Blutlache auf dem Boden.

Ansonsten war der Raum leer. Daraufhin begab er sich über die Treppe im Flur in das Obergeschoss. Maus schlich vorsichtig auf eine offen stehende Tür zu. Er blieb im Türrahmen stehen, denn er sah die deutlichen Umrisse einer Person auf einem Doppelbett liegen.

»Herr Semmel? Hier ist die Polizei. Sind Sie Okay?«

Da er keine Antwort bekam, ging er hinein. Beim Anblick des Försters auf dem Bett wurde ihm übel. Der Mann war nur mit einer Unterhose bekleidet und hatte die Augen weit aufgerissen. Ein sauberer Einschuss in der Stirn mit etwas Blut, das seitlich daran herunterlief, versetzte Maus in Schockstarre. Das Letzte, was er hörte, war ein Knarren auf den Holzdielen im Flur.

Bevor er sich umdrehen konnte, durchzuckte sein Hinterkopf ein stechender Schmerz. Augenblicklich wurde ihm schwarz vor den Augen und er sackte bewusstlos vor dem Bett zusammen!

KAPITEL 20

Valentin saß im Kommissariat unruhig an ihrem Schreibtisch und wartete seit geraumer Zeit auf einen richterlichen Durchsuchungsbeschluss für die Wohnung von Michael Hesse. Sie wollte die Bude noch heute filzen, machte sich aber keine Hoffnung mehr, denn es war bereits zu spät dafür.

Eher gelangweilt blätterte sie eine Akte durch und stellte fest, dass einige Seiten fehlten. Das Aussage-Protokoll vom Förster war verschwunden.

Sie versuchte Maus anzurufen, aber es meldete sich nur der Ansagetext seiner Mailbox. Valentin warf einen Blick auf die Wanduhr und verließ das Büro. Über leere Korridore und eine Wendeltreppe in das Untergeschoss gelangte sie in den Sicherheitstrakt. Dort erfuhr sie von dem diensthabenden Beamten, dass Michael Hesse nach dem letzten Verhör in eine Einzelzelle gebracht worden war. Sie ließ sich die Zelle aufschließen und sagte dem Polizisten, er solle draußen Wache halten.

Michael Hesse lag dösend auf der Pritsche. Als die Zellentür zufiel, schreckte er wie von der Tarantel gestochen hoch und blickte Valentin missmutig an.

»Es gibt da noch ein paar ungeklärte Fragen, die …«

»Ich will endlich meinen Anruf machen. Nach dem Gesetz sind Sie verpflichtet …«

Valentin ließ ihn nicht ausreden. Sie wusste, dass es nach dem jetzigen Stand der Ermittlungen nicht für

eine Mordanklage reichte und sah Hesse ernst an.
»Ich war noch nicht beim Staatsanwalt.«

»Heißt das, Sie glauben mir?«

»Wenn es stimmt, was Sie sagen, kommen Sie mit einer Anzeige wegen Drogenmissbrauch davon.«

»Dann lassen Sie mich gehen?«, fragte Hesse hocherfreut und setzte sich auf die Kante der Pritsche.

»Erst wenn Sie mir die ganze Wahrheit erzählt haben«, sagte Valentin mit gnadenloser Miene.

»Was wollen Sie wissen?«

»Wo hatte Jan den Stoff her?«, fragte Valentin und verschränkte die Arme vor der Brust.

»Von irgend so'm Albaner auf'm Kiez, glaube ich.«

»Hatten Sie das Drogendepot immer am gleichen Ort?«

»Anfangs hatte Jan den Stoff zuhause«, sagte Hesse nach einer Weile zögerlich.

»Und weiter?«

Hesse senkte den Kopf und dachte scheinbar nach.

»Jan hatte Paranoia, weil er sich ständig beobachtet fühlte«, erklärte Hesse widerwillig.

»Muss ich ihnen jetzt alles aus der Nase ziehen! Von wem?«, fragte Valentin im strengerem Tonfall.

»Da schlich in letzter Zeit so'n Typ vorm Mietshaus herum. Deshalb sollte ich die Kiste verstecken und Jan etwas von dem Stoff bringen, wenn er wieder was für seine Kunden brauchte«, gab Michael Hesse mit schuldbewusster Miene zu.

»Würden Sie den Mann wiedererkennen?«

»Nein, sah aber nicht wie'n Albaner aus«, erklärte Hesse und sackte reumütig auf der Zellenpritsche in sich zusammen.

Valentin schlug mit der Faust gegen die Zellentür, die daraufhin von dem Beamten sogleich geöffnet wurde. Sie bedankte sich kurz angebunden und holte ihr Smartphone aus der Tasche, während die Zellentür wieder verschlossen wurde. Sie wählte Kommissar Maus an, aber es meldete sich nur seine Mailbox.

* * * * *

Der ferne Klingelton seines Mobiltelefons riss Maus aus der Bewusstlosigkeit. Das wilde Pochen im Kopf hinderte ihn nicht daran, die Augen zu öffnen. Benommen sah er sich um.

Undeutlich erkannte er zunächst Spinnweben an verrosteten Garten-Geräten in einer Ecke. Dann jede Menge Staub in einem Holzregal, auf dem einige Farbdosen, an-getrocknete Pinsel und noch diverse Werkzeuge herumlagen.

Maus versuchte sich zu bewegen und bemerkte erst jetzt, dass er an Hand- und Fußgelenken gefesselt auf einem Stuhl saß. Plötzlich hört er ein Geräusch an der Schuppentür!

»Hallo? Hilfe! Ist da jemand?«

Maus versuchte sich irgendwie von den Fesseln zu befreien. Mit schmerzverzerrter Miene ruckelte und drehte er seinen Unterarm, um das Seil zu lockern, doch bei jeder Bewegung schnürte es sich nur noch fester um seine Handgelenke. Auf einmal machte sich jemand an der Schuppentür zu schaffen. Zuerst klapperte ein Vorhängeschloss und dann wurde ein Eisenriegel zur Seite geschoben. Maus gab seinen Befreiungsversuch auf und starrte gebannt auf die Schuppentür.

Die verrosteten Scharniere knarzten, bevor die Holztür abrupt aufgerissen wurde. Im fahlen Licht der Abenddämmerung erschienen nur undeutliche Umrisse eines Mannes im Türrahmen.

»Sie hätten nicht wieder herkommen sollen.«

Maus erkannte die Stimme sofort, obwohl er das Gesicht nicht richtig sehen konnte, aber der Mann trug eine Polizeiuniform mit einem reflektierenden Namensschild über der linken Brusttasche.

»Brandt? Gut das Sie da sind. Machen Sie mich los!«

»Das ist leider nicht möglich«, sagte Brandt und kam langsam auf Maus zu, der etwa zwei Meter frontal zur Schuppentür auf dem Stuhl mit dicken Seilen fixiert war.

»Jetzt lassen Sie doch unsere Differenzen mal bei Seite und …«

»Sie halten sich für super-schlau. In Wahrheit sehen Sie den Wald vor lauter Bäumen nicht«, unterbrach ihn Brandt.

»Was soll das denn heißen? Machen Sie sich nicht unglücklich!«

»Das – das hat schon jemand anders getan!«, schrie

Brandt vollkommen außer sich und prüfte die Seile auf ihre Festigkeit an den Handgelenken von Maus.

»Sorry – ich bin nicht perfekt, aber ich kann ihnen bestimmt helfen«, sagte Maus scheinbar jovial, um Brandt zu beruhigen. Aber der packte ihn rüde am Revers seiner Lederjacke und dann sah Maus den unbändigen Hass in Brandts Augen glimmen.

»Das haben die Kollegen auch behauptet, als sie meine Tochter mit einer Überdosis Crystal Meth auf dem Bahnhofsklo gefunden haben!«

»Das habe ich nicht gewusst. Tut mir leid, aber das hier macht sie auch nicht wieder lebendig!«, versuchte Maus ihn zur Vernunft zu bringen.

»Aber dafür ist der scheiß Dealer und seine Nutte aus dem Spiel. Die verschicken keine Drogen mehr an Kinder!«, erwiderte Brandt mit Genugtuung.

Kommissar Maus wurde schlagartig klar, wer die Morde begangen hatte und warum. Trotzdem wollte er ein volles Geständnis von ihm hören.

»Verstehe – aber warum haben Sie den Förster umgebracht?«

»Hat mich in der Morgendämmerung mit'm blöden Fernglas beobachtet. Als ich später seine Aussage protokollieren musste, hat er mich wiedererkannt.«

»Deshalb hatte der so'ne scheiß Angst von mir!«, erkannte Maus selbstbewusst.

Hauptwachtmeister Brandt nahm Maus seine Waffe ab und hielt sie ihm direkt vor die Nase.

»Nachdem Sie hier aufgetaucht sind, wurde der

blöde Arsch immer gieriger und wollte noch mehr Kohle von mir haben!«

»Gut, dass wir mal darüber geredet haben. Machen Sie mich endlich los, und Schwamm drüber!«, sagte Maus und merkte aber sofort, das dies ein frommer Wunsch war. Brandt legte die Waffe bei Seite und holte ein weißes Tuch aus der Innentasche seiner Uniform. Mit geschickten Handgriffen formte er daraus einen Knebel.

Maus drehte wiederholt den Kopf weg, als Brandt versuchte, ihm den Knebel anzulegen. Das machte Brandt richtig wütend. Er schnappte sich wieder seine Waffe und bedrohte Maus damit.

»Lass das!«

Maus lief mittlerweile der Angstschweiß über die Stirn, während er stumm in den Lauf der Pistole blickte. Brandt holte blitzschnell aus, rammte ihm den Knauf an die Schläfe und schickte Maus erneut in das Tal der Träume!

KAPITEL 21

Die Nacht war angebrochen und der Vollmond schien in das Bürofenster. Valentin saß wieder am Schreibtisch und wälzte sämtliche Akten zu beiden Mordfällen. Nach der erneuten Vernehmung von Michael Hesse wurde sie das Gefühl nicht los, sich bei den Ermittlungen im Kreis zu drehen.

Weder die Ergebnisse aus dem kriminaltechnischen Labor noch die der Forensiker brachten sie weiter. Die einzige Spur war ein Schuhabdruck mit weit verbreiteter Struktur unter der Sohle. Man fand DNA vom Dackel des Försters an der Frauenleiche. Des weiteren stand auch fest, dass Jan Müller mit Nervengift getötet wurde!

Valentin war noch nicht dazu gekommen, den verantwortlichen Beamten für die Asservatenkammer zur Rede zu stellen. Der hatte sich krank gemeldet. Eines war ihr jedoch klar. Dieses Gift konnte man nicht mit ein paar Zutaten aus der Apotheke und einem Chemiebaukasten selbst mixen. Der Mörder musste einiges über die Wirkung und Menge der Dosis in Erfahrung gebracht haben.

Nun war sie müde und wollte eigentlich Feierabend machen, als sie am Kaffeeautomaten auf dem Flur vorbeikam. Sie warf eine Münze in den Schlitz und drückte die Wahltaste für Cappuccino.

Nichts passierte!

Sie versetzte dem Kasten einen kräftigen Stoß, was auch nichts brachte.

Sie versetzte dem Kasten einen kräftigen Tritt in die Flanke, aber der Automat sträubte sich wie ein Esel. *„Komisch, mit Maus hat das doch geklappt"*, dachte Valentin bei sich.

»Verdammt! Wo steckt der?«, sagte sie halblaut zu sich selbst.

Valentin war auf einmal wieder hellwach und zog ihr Smartphone aus der Jackentasche, während sie im Laufschritt abermals versuchte ihren Partner zu erreichen. Wieder meldete sich nur die Mailbox.

Sie bekam ein ungutes Gefühl in der Magengegend und rannte die Treppe in das Erdgeschoss hinunter, wo sich im Eingangsbereich die Kommunikations-Zentrale befand.

Polizeiobermeister Daschner hatte die Spätschicht für einen Kollegen übernommen, dessen Sohn nach einem Fahrradunfall in das Krankenhaus gebracht werden musste. Daschner blickte erstaunt vom Pult hoch, als Valentin in die Kommunikations-Zentrale stürmte und direkt zu ihm kam, weil sie dort so gut wie nie auftauchte.

»Ist was passiert?«

»Ich brauche sofort einen Wagen!«

Daschner guckte angestrengt auf einen der vielen Monitore, der ihm einen kompletten Überblick der im Einsatz befindlichen Fahrzeuge lieferte.

»Ich glaube, wir haben gerade keinen frei, sind alle auf Streife!«

»Dann rufen Sie mir den Nächstbesten hier her! Ich

glaube, Kommissar Maus steckt möglicherweise in Schwierigkeiten«, sagte Valentin im Befehlston, der keinen Widerspruch erlaubte.

»Okay – ich versuch's«, sagte Daschner unsicher, ob er eine Streife einfach irgendwo abziehen konnte.

Daraufhin verließ Valentin die Kommunikations-Zentrale und begab sich nach draußen auf den Parkplatz vom Polizeikommissariat. Sie versuchte mehrmals Maus mit dem Smartphone zu erreichen, doch leider ohne Erfolg.

* * * * *

Brandt hatte Maus zwar seine Walther P99 abgenommen, aber er versäumte ihn gründlicher zu durchsuchen, weshalb sein Mobiltelefon wiederholt bimmelte. Bernhard kam langsam benebelt zu sich und öffnete mühsam die Augen. Der Vollmond erhellte ein kleines Fenster an der rückwärtigen Seite vom Schuppen.

Zunächst wurden ihm nur die verschwommenen Umrisse von etwas gewahr, dass direkt auf seinen Kopf gerichtet zu sein schien. Nachdem sich seine Augen an das diffuse Licht gewöhnt hatten, wurde ihm übel.

Maus blickte direkt in den Lauf einer Schrotflinte, deren Schafft in einer Schraubzwinge auf einem Holzblock fixiert war, der zwischen ihm und der Tür stand. Vom Abzug führte eine lange Juteschnur zum Türgriff, die dort verknotet war. Maus perlten Schweißtropfen über die Stirn. Er begriff sofort, was geschehen würde, wenn jemand die Schuppentür öffnete. Panisch versuchte er sich von den Fesseln zu befreien und rutschte dabei krampfhaft auf dem Stuhl herum, aber der rührte sich keinen Zentimeter von der Stelle. Maus konnte den Oberkörper zwar bewegen, doch seine Handgelenke waren auf den Armlehnen verschnürt, und die Fußgelenke an den vorderen Stuhlbeinen gefesselt. Also beugte er sich runter und sah nach beiden Seiten.

Alle Stuhlbeine waren auf dem Boden festgenagelt!

* * * * *

Brandt war gerade auf dem Weg zurück in das Kommissariat, als über Funk die Anfrage für einen Transport von der Zentrale kam. Er zögerte keinen Augenblick, den Transponder vom Streifenwagen abzustellen, obwohl dem diensthabenden Kollegen auffallen könnte, dass das Signal plötzlich weg war. Er bog langsam auf den Parkplatz ein, um den Streifenwagen dort abzustellen und sich dann mit seinem schwarzen SUV aus dem Staub zu machen. Plötzlich versperrte Valentin ihm die Durchfahrt. Sie stand mitten in der Einfahrt, lief sogleich auf die Beifahrerseite und stieg einfach ein.

Hauptwachtmeister Brandt wurde schlagartig klar, dass er in der Patsche saß.

»Guten Abend, Valentin – wo soll's denn so spät noch hingehen?«, fragte Brandt und lächelte breit.

»Brandt – Sie sind noch im Dienst?«, fragte Valentin und guckte erstaunt zu ihm rüber. Brandts Grinsen verschwand schlagartig, denn ihm fiel so schnell keine Ausrede ein.

»Was für'n Einsatz fahren wir denn?«

»Das weiß ich erst, wenn wir da sind! Ich sag ihnen, wo's langgeht.«

Brandt wendete den Streifenwagen schnell auf dem Parkplatzgelände. Danach bog er zügig auf die Mörkensstraße ab und drückte an der Mittelkonsole den Schalter für das Martinshorn.

»Machen Sie die Sirene aus! Ich will nicht halb Altona aufwecken. Blaulicht reicht völlig«, sagte Valentin mit einem genervten Seitenblick.

Brandt gab Vollgas und raste drauflos. Er kochte innerlich vor Wut, weil sein ausgeklügelter Plan auf den Kopf gestellt wurde.

Eigentlich wollte er Valentin mit einem anonymen Anruf in die Falle locken. Sie sollte Kommissar Maus in dem Schuppen beim Öffnen der Tür eine Ladung Schrot verpassen. Er dachte gerade, dass sein ausgefeilter Plan den Bach runterging, als ihm durch Valentins Streckenanweisung klar wurde, das ihn dieser Einsatz direkt zum Volkspark führte.

KAPITEL 22

Das Mondlicht erhellte den Volkspark nur wenig, während Valentin im Streifenwagen neben Brandt durch den dunklen Blätterwald auf einem Feldweg entlangfuhr.

War es Zufall oder Schicksal, dass ausgerechnet der Polizeibeamte, mit dem Maus vor ein paar Tagen aneinandergeraten war, sie jetzt zu einem Einsatz chauffierte, von dem sie nicht wusste, ob es dafür überhaupt einen Grund gab, dachte Valentin und sah sich aufmerksam die Gegend an.

Sie fragte sich auch, warum Brandt so still war und immer nur stur nach vorn blickte. Sie wusste zwar von seinem schweren Schicksalsschlag, aber nichts Genaues.

Außerdem hatte sie als Hauptkommissarin selten mit ihm zu tun und kannte ihn nicht besonders gut.

»Schalten Sie bitte mal das Fernlicht an, und unsere Leuchtreklame aus.«

Brandt tat, wie ihm geheißen. Der Lichtkegel von den Scheinwerfern flutete das gesamte Gelände vor ihnen. Kurz darauf sah Valentin die reflektierenden Rücklichter von einem Auto, das an einer Böschung abgestellt worden war. Brandt war schockiert, weil er sich keine Gedanken darüber gemacht hatte, wie Kommissar Maus hierher gekommen war.

»Halten Sie hier! Haben Sie eine Taschenlampe im Wagen?«, fragte Valentin den Hauptwachtmeister.

Brandts Miene verdunkelte sich zusehends. Er versuchte krampfhaft zu verbergen, dass er eine scheiß Angst hatte, entlarvt zu werden.

»Hinten im Kofferraum müsste eine liegen.«

Valentin folgte ihm zum Heck des Streifenwagens. Brandt öffnete die Heckklappe und tat nur so, als müsste er nach der Taschenlampe suchen, obwohl sie neben dem Werkzeugkoffer lag. Er kramte umständlich in ein paar Fächern herum.

»Komisch – gestern war sie noch da.«

Eine Stimme in seinem Kopf flüsterte, er müsse die Kommissarin schnellstens loswerden, bevor sie ihn nochmal ansieht und bemerkt, das er der gesuchte Killer ist.

Brandts Hand wanderte wie von selbst, zu einem massivem Radmutterschlüssel. Er wollte gerade zugreifen, doch Valentin stand direkt hinter ihm und guckte plötzlich über seine Schulter.

»Direkt vor ihrer Nase!«

»Wo hab ich bloß meine Augen«, murmelte Brandt zerknirscht und drehte sich langsam um.

Er gab Valentin die Taschenlampe und beobachtete von dort aus die Hauptkommissarin, während sie zu dem abgestellten Auto ging.

Valentin machte die Stabstaschenlampe an und sah sofort, dass es der Saab 9-3 von Maus war.

Sie versuchte erfolglos, die Fahrertür zu öffnen und leuchtete ins Wageninnere. Valentin war erleichtert, als sie den üblichen Müll im Fond zu sehen bekam.

Außerdem sprang ihr der volle Aschenbecher nebst leeren Kaffeebechern ins Auge, die noch von ihrer Observierung stammten.

»Rufen Sie Verstärkung – hier stimmt was nicht!«, rief Valentin laut vom Auto in Richtung Brandt, der mittlerweile an der offenen Fahrertür wartete und ihr von dort grimmig hinterher sah.

* * * * *

Valentin suchte auf dem unebenen Feldweg nach Spuren und fragte sich, warum Maus seinen Wagen dort abgestellt hatte. Die gespenstische Stille war erdrückend.

Der Lichtkegel von der Stabstaschenlampe streifte ein altes Holzschild, das von wild wucherndem Buschwerk halb verdeckt wurde. Auf dem Schild stand Forsthaus und ein paar Schritte voraus kam die Einfahrt zum Vorschein.

Valentin ging weiter auf dem Kiesweg entlang zum Forsthaus. Kein einziges der Fenster war erleuchtet. Ihr wurde mulmig, während sie sich langsam der Eingangstür näherte. Sie ging die Treppe rauf und suchte vergeblich eine Klingel. Die Eingangstür war mit zwei schmalen Glasfenstern versehen und sie schaute angestrengt durch eines davon. Im Flur war es zu dunkel, um etwas zu erkennen. Sie ballte eine Hand zur Faust und haute zweimal gegen die Tür. Drinnen rührte sich kein Mensch. Sie rüttelte ohne Erfolg am Türknauf. Das kam ihr sehr verdächtig vor, denn Maus wollte sich den Förster nochmal vorknöpfen, aber es herrschte dort drinnen absolute Totenstille. Valentin zog ihre Dienstwaffe aus dem Holster und ging die Treppe hinunter. Dort hielt sie nach verdächtigen Spuren Ausschau, aber sie fand keine. Valentin beschloss, auch das Areal hinter dem Forsthaus in Augenschein zu nehmen und stieg über einen Lattenzaun.

Sie leuchtete über das verwilderte Gelände und arbeitet sich durch Gestrüpp und hochstehende Gräser einer Wiese bis zu einem kleinen Wäldchen. Dort kämpfte sie sich auf einem Trampelpfad durch das Blattwerk von herabhängenden Ästen einiger Bäume, bis sie schemenhafte Umrisse von einem alten Holzschuppen wahrnahm.

Valentin schlich vorsichtig an den Schuppen heran. Die Holztür war mit einem verrosteten Schloss an einem Eisenriegel versehen. Sie steckte ihre Waffe in das Holster und rüttelte an dem alten Schloss. Auf einmal hörte sie dumpfe Geräusche.

»Mm – Mm!«

Erstarrt blickte Valentin sich um. Als sie bemerkte, das die Geräusche von drinnen kamen, legte sie ihr rechtes Ohr an die Tür. Da war es wieder, diesmal ganz deutlich!

»Mm – Mm!«

Ihr war sofort klar, dass jemand in dem Schuppen sein musste und schlug mit der flachen Hand gegen die Holztür.

»Maus - ¿Están ahí?«

* * * * *

Bernhard Maus drehte verzweifelt seinen Kopf hin und her und versuchte irgendwie den Knebel aus dem Mund zu bekommen. Dann blickte er wieder panisch auf den Lauf der Schrotflinte.

Die Fesseln an seinen Fußgelenken schnürten ihm das Blut ab. Sie kribbelten und fühlten sich langsam taub an. Das Seil war um die Stuhlbeine gewickelt. Er stieß sich kräftig mit den Fußspitzen ab, aber das brachte praktisch gar nichts.

Durch die Anstrengungen sich selbst zu befreien, und den aufkommenden Schmerzen, schnaufte er durch den Knebel.

»Mm – Mm!«

Es machte ihn sehr wütend, dass Brandt ihn schon wieder so einfach überrumpeln konnte. Natürlich war ihm längst klar, dass er auch der Einbrecher in seiner Wohnung gewesen sein musste.

Maus stemmte sich mehrmals mit aller Kraft gegen die Stuhllehne nach hinten. Plötzlich gaben die Stuhlbeine ein deutliches Knirschen von sich. Oder kam das Geräusch von der Schuppentür?

* * * * *

Valentin wusste zwar nicht genau, was hier vor-gefallen war, aber ihrem Bauchgefühl folgend, konnte nur Maus in dem Schuppen sein. Sicher war sie sich nicht, aber es würde erklären, warum er nicht an sein Mobiltelefon gehen konnte.

»Maus – Maus, sind Sie das?«

Sie drückte nochmal ihr rechtes Ohr an die Tür und

versuchte krampfhaft die Geräusche zu deuten, die mittlerweile besser zu hören waren.

»Mm – Mm!«

Valentin wurde klar, dass Maus aus irgendeinem Grund nicht sprechen konnte und leuchtete mit der Taschenlampe die Holztür ab. Die grüne Farbe war an vielen Stellen abgeblättert und die Scharniere waren total verrottet.

Sie leuchtete mit der Taschenlampe den Boden ab. Dabei entdeckte sie einen faustdicken Stein unter einem Strauch. Mit beherzten Schlägen bearbeitete sie das Schloss am Riegel, wonach es ziemlich verbeult aussah. Daraufhin rüttelte sie mit aller Kraft an der Tür, wobei sie ihren rechten Fuß gegen den Schuppen stemmte.

* * * * *

Maus hörte die Geräusche vor der Tür. Durch das Rütteln spannte sich die Schnur etwas am Hahn der Schrotflinte. Er geriet wieder in Panik, stemmte sich mit den Fußspitzen vom Boden ab und mit dem Rücken gegen die Stuhllehne. Dabei hörte er, wie die Nägel an den Stuhlbeinen knirschten und sich langsam lockerten. Maus warf seinen Kopf nach vorne und dann zurück, während er zugleich seinen Rücken kräftig gegen die Stuhllehne presste.

* * * * *

Valentin wusste die Geräusche von drinnen nicht klar zu deuten. Möglicherweise befand sich Maus im Todeskampf und brauchte dringend Hilfe. Sie entschloss sich zu Handeln und zog ihre Waffe aus dem Holster.

»Keine Panik, Maus. Ich erschieße jetzt das blöde Schloss!«

Valentin entsicherte die Waffe und trat drei Schritte von der Holztür zurück. Sie zielte kurz und drückte ab. Holzsplitter flogen durch die Gegend, aber das Schloss blieb unversehrt.

„Muss mal wieder auf'm Schießplatz vorbeischauen", ging es Valentin durch den Kopf und stützte die Waffe diesmal mit einer Hand am Knauf, bevor sie einen weiteren Schuss abgab. Am Schloss sprühten Funken, aber es hielt sich wacker.

Valentin steckte die Waffe zurück ins Holster und schlug wieder mit dem Stein auf das Schloss ein. Endlich platzte das alte Eisenschloss auf und fiel in Einzelteile zu Boden.

Danach geschahen mehrere Dinge gleichzeitig!

Valentin schob den Riegel zur Seite.

Als Maus dies hörte, warf er sich mit allerletzter Kraft gegen die Rückenlehne des Stuhls. Im selben Augenblick riss Valentin die Schuppentür auf.

Die Nägel an den Stuhlbeinen gaben nach. Das Seil an dem Hahn von der Schrotflinte straffte sich. Mit einem explosivem Knall schossen die Schrotkugeln aus dem Lauf. Maus schleuderte auf dem Stuhl nach hinten und schlug rücklings auf den Boden!

Valentin sprang erschrocken zur Seite, und zog ihre

Waffe. Sie verharrte einen Augenblick in Deckung, bevor sie einen Blick in den Schuppen riskierte. Mit der Waffe in einer Hand und der Taschenlampe am Lauf leuchtete sie vorsichtig in das Innere.

Pulverqualm und aufgewirbelter Staub lag in der Luft. Sie wartete einen Moment, bis sich der Nebel lichtete. Zuerst sah Valentin den Holzblock mit der Schrotflinte in der Schraubzwinge. Der Lauf zeigte durch den Rückstoß schräg nach oben.

Langsam wurde ihr klar, was sie angerichtet hatte. Maus lag reglos auf einem umgekippten Stuhl am Boden. Die Beine hingen schlaff über der Sitzfläche. Sie richtete ihre Taschenlampe auf ihn und sah die Fesseln, dann eine klaffende Wunde an der linken Stirnseite vom Kopf. Sie steckte ihre Waffe zurück ins Holster und ging in die Hocke.

Danach legte sie die Taschenlampe bei Seite und nahm Maus den Knebel aus dem Mund. Sie begann, die Seile von den Handgelenken und Fußgelenken zu lösen. Maus blinzelte und kam langsam zu sich.

»¿Cómo estás? Wie geht es ihnen?«

»Wo bin ich – was ist passiert?«, fragte Maus ganz benommen und versuchte sogleich aufzustehen.

»Bleiben Sie liegen!«, riet Valentin ihrem Partner und hielt ihn sanft an seiner Schulter davon zurück. Maus fasste sich verwirrt an die Stirn.

»Autsch!«, sagte Maus und zog reflexhaft die Hand weg. Er besah sich seine Finger und stellte fest, dass Blut daran klebte.

»Hoffe, Sie haben keine Schrotkugel verschluckt?«, sagte Valentin und sah ihn mit besorgter Miene an.

»Nö, nur mein Schädel dröhnt wie'n Dampfwalze!«

Valentin schob mit einer Hand sein Kinn zur Seite und begutachtet seine Verletzung an der Stirnseite.

»Sieht übel aus und muss genäht werden. Aber Sie hatten verdammt viel Glück!«

Ein Schleier der Ohnmacht hatte sein Bewusstsein vernebelt und löste sich nun langsam auf. Maus überfiel förmlich eine böse Vorahnung.

»Haben Sie Brandt erwischt?«

In diesem Moment tauchte Brandt im Türrahmen auf. Er richtete seine Pistole direkt auf den Kopf von Valentin. Er sah allerdings nur ihren Rücken, denn sie hockte direkt vor Maus und verdeckte ihn dadurch komplett.

»Nein – hat sie nicht!«

»Brandt?«, fragte Valentin überrascht und wendete kurz ihren Kopf in seine Richtung.

»Machen Sie jetzt keinen Fehler, Valentin. Nehmen Sie ganz langsam die Hände hoch!«

Valentin hob verunsichert die Arme und sah Maus verdutzt an, der unbemerkt von Brandt ihre Waffe aus ihrem Holster zog.

»Eigentlich sollte die Apparatur dazu dienen, dass Sie Maus abservieren. Verdammt – alles muss man selber machen!«, sagte Brandt verärgert.

Valentin zwinkerte mit einem Auge, um Maus zu signalisieren, das sie ahnte, was er im Schilde führt.

»Was ist denn bloß in Sie gefahren, Brandt. Damit kommen Sie niemals durch!«, sagte Valentin, um Zeit zu schinden.

»Das müssen Sie schon mir überlassen. Aufstehen, und dann ein Schritt zur Seite treten, Señorita!«

Valentin erhob sich betont langsam. Maus streckte die Arme aus und brachte vorsichtig die Waffe in Anschlagposition, was vor Brandt verborgen blieb.

Dann ging alles ganz schnell!

Valentin hechtete zur Seite.

Brandt folgte ihr verwirrt mit der Waffe.

Maus feuerte sofort, als er freies Schussfeld bekam!

Die erste Kugel traf Brandt an der Schulter und ließ ihn verblüfft einen Schritt zurücktaumeln.

Brandt feuerte reflexhaft!

Das Projektil schlug haarscharf neben Maus ein. Die Holzlatte splitterte. Maus gab kurz hintereinander zwei Schüsse ab und traf Brandt mitten in die Brust!

Die Wucht der Projektile riss Brandt sofort von den Beinen und schleuderten ihn aus der Schuppentür.

Er verschwand wie ein Gespenst in der Dunkelheit!!

KAPITEL 23

Ein Krankentransport brachte Bernhard Maus zur Untersuchung in die Asklepios Klinik in Altona, obwohl er immer wieder dem Notarzt gegenüber beteuerte, es ginge ihm gut und er wolle nur nach Hause gebracht werden. Der hatte ihn zwar schon notdürftig an seiner Stirn verarztet, aber seine Vital-Funktionen deuteten auf ein Gehörsturz hin.

Maus musste wohl oder übel zwei volle Tage im Krankenhaus bleiben. Der Stationsarzt ordnete eine Computertomografie an und machte danach einen kompletten Gesundheitscheck bei ihm.

Er klärte Maus über die Pflicht seines Dienstherren auf, dass Polizisten bei Verletzungen im Einsatz erst nach vollständiger Genesung wieder Dienst tun durften. Im ärztlichen Befund hieß es dann, dass er außer einer veritablen Gehirnerschütterung gesund und munter war. Die Risswunde an der linken Stirnseite oberhalb seiner Schläfe stammte von ein paar Schrotkugeln, während die volle Ladung haarscharf am Kopf vorbeigestriffen war.

Wäre die Schrotflinte nicht so dicht vor seiner Nase fixiert worden, dann hätten die Kugeln eine breitere Streuung gehabt und seinen Kopf zerfetzt.

Der Arzt war überzeugt, Maus habe wohl einen Schutzengel und schrieb ihn eine Woche krank. Überraschenderweise holte ihn M.D. San Valentin vom Krankenhaus ab. Sie wollte sichergehen, dass er wohlbehalten zu Hause ankam.

Maus fand dies völlig überflüssig. Er wollte noch nicht nach Hause und bestand darauf, sich erst mal eine Packung Zigaretten zu besorgen. Er war knapp dem Tode entronnen und die Stadt wirkte auf ihn seltsam befremdlich. Er musste irgendwo hin, wo er sich wohlfühlte. Nicht ohne Protest von Valentin fuhr er mit ihr in Altona runter zum Hafen.

* * * * *

Siegfried saß hinter dem Steuer eines Mietwagens. Alina wollte diesen wundervollen Sommertag am Strand von Rincon de La Victoria verbringen. Also fuhr er mit ihr auf der Küstenstraße in die nächstgelegene Bucht von Malaga.

Es war früher Nachmittag und dauerte eine Weile, bis sie einen Parkplatz fanden. Danach begaben sie sich an den von einigen Palmen gesäumten Strand und legten sich auf ihre mitgebrachten Handtücher in die Sonne.

Siegfried war vollkommen in einen Zeitungsartikel vertieft und bemerkte nicht, wie die Zeit verging. Darin wurde von den Ermittlungen der Hamburger Polizei in Altona über drei Mordfälle berichtet. Das Polizeikommissariat hüllte sich zwar in Schweigen, aber die Journalistin wollte unbestätigten Quellen zufolge, Kenntnisse über den Täter in Erfahrung gebracht haben.

Es handelte sich um einen Polizisten, welcher in der Nähe von einem Forsthaus durch den ermittelnden Kommissar Maus gestellt wurde. Es kam zu einem

Schusswechsel, bei dem der Mörder das Nachsehen hatte, und danach seinen Verletzungen erlag.

Alina vertrieb sich die Langeweile am Strand, beim Beachvolleyball mit einer Gruppe junger Leute. Danach vergnügte sie sich mit einem der Jungs im Meer beim Schnorcheln.

Schließlich legte sie sich erschöpft neben Siegfried auf ihr Handtuch, der sich gerade anschickte, mit jemandem zu telefonieren.

* * * * *

Hamburg bot eine Menge Sehenswürdigkeiten, wie den Museumshafen. Allerdings war zurzeit mehr am Elbe-Strand los, der unmittelbar daneben lag. Dort sonnten sich einige Leute unter künstlichen Palmen.

Maus und Valentin saßen draußen an einem Tisch vor der Strandperle bei einem Glas frisch gezapften Bier. Keiner von beiden sagte etwas und Maus sah gedankenverloren einem großen Containerschiff hinterher, welches auf der Elbe Richtung Nordsee schipperte. Valentin beobachtete teilnahmslos ein paar Jugendliche, die sich mutig ein paar Minuten in der Elbe abkühlten, um sich danach wieder in die Sonne zu legen.

»Was ist mit ihnen los. Warum so nachdenklich?« Maus zündete sich eine Zigarette an und trank einen Schluck von seinem Bier.

»Die *Interne* hüllt sich wie immer in Schweigen.«

»Machen Sie sich keine Sorgen, es war Notwehr!«

»Haben Sie das auch so dem Staatsanwalt erzählt?«, fragte Maus zögernd.

»Ich habe ihm erzählt, dass Sie mein Leben gerettet haben!«, sagte Valentin lächelnd.

»Dito! Wenn Sie nicht gewesen wären, würde ich jetzt nicht hier sitzen.«

Daraufhin stießen beide mit den Gläsern an und tranken einen großen Schluck kühles Bier.

»Und – was werden Sie jetzt tun?«, fragte Valentin neugierig.

»Meinen verdienten Urlaub nehmen und nach …«

In dem Augenblick meldete sich das Mobiltelefon von Maus. Er hielt inne und holte das Smartphone aus der Innentasche seiner Lederjacke.

»Maus zum Kuckuck! Was haben Sie jetzt schon wieder für einen Scheiß gebaut. Warum muss ich erst Zeitung lesen, um zu erfahren … ?«, tönte es viel zu laut an Maus Trommelfell, als er momentan ertragen konnte. Von der Schießerei in der kleinen Holzbaracke hatte er einen Tinnitus davongetragen.

»Chef – Strehlitz – krrz – ich kann sie so schlecht - krrz – hören«, imitierte Maus mit seinem Mund aus der Kehle Störgeräusche.

Er erhob sich von seinem Platz und machte ein paar Schritte am Strand entlang, während ihm Valentin verwundert hinterherschaute.

»Verarschen sie mich nicht! Wo stecken sie jetzt?«

Maus hörte plötzlich im Hintergrund eine vertraute Stimme und wurde stutzig.

»Schatz, wann kannst du mir endlich den Rücken eincremen?«, forderte Alina Siegfried auf.

Maus glaubte sich verhört zu haben und dachte, dass die Spätfolgen seiner Kopfverletzung vielleicht eine Halluzination verursachen würde. Vor seinem inneren Auge entstand das Bild von Alina in einem knappen Bikini am Strand von Malaga.

»Chef, war das eben Alina?«, wollte Maus wissen.

»Maus, ich höre Sie – krrz – schlecht«, machte nun Siegfried Strehlitz atmosphärische Störgeräusche in der Kehle nach.

»Strehlitz, ich will sofort mit Alina sprechen!«, sagte Maus aufgebracht.

»Krrz – Maus, sind Sie noch dran – krrz. Ich kann Sie nicht mehr hören!«

Fortsetzung folgt

Bei *BoD* sind noch weitere Bücher von
Kai-Uwe Wedel erschienen.

PIMP MY FRIEND

Romantische
Abenteuergeschichte

Die junge Kosovarin Jana wird von einem dubiosen Fotografen
mit vagen Versprechungen nach Hamburg geschickt, um dort
für eine Modellagentur Fotos zu machen. Sie gerät in die Fänge
des berüchtigten Zuhälters Shaddow, der Jana zwingt, auf dem
Kiez anschaffen zu gehen. Sie will sich nicht mit dem Schicksal
abfinden und unterschlägt immer wieder etwas von dem Geld,
dass sie von ihren Kunden bekommt. Shaddow überrascht sie
eines Abends alleine in der Wohnung, die sich Jana mit einer
Prostituierten teilt. Er schlägt Jana brutal zusammen und droht
sie umzubringen, wenn sie versucht abzuhauen. Jana ist total
am Ende. Sie lässt sich aber trotzdem von ihrer Mitbewohnerin
Babsi überreden, auf eine Geburtstagsfete von einem Freier mit
zu kommen. Dort lernt sie den Versicherungsvertreter Marco
kennen, der gerade seinen Job verloren und am selben Tag die
Ehefrau mit einem jungen Typ im Bett erwischt hat. Das ist der
Beginn einer abenteuerlichen Liebesgeschichte und Flucht quer
durch Norddeutschland, vor den Bodyguards des Zuhälters.

BoD-Books on Demand, Norderstedt
Copyright © Kai-Uwe Wedel
ISBN:978-3-7431-0000-0

PIMP MY FRIEND II

Kriminaldrama

Shaddow sitzt seit mehr als einem Jahr in Fuhlsbüttel im Knast und sinnt nach Rache. Er schmiedet einen ausgeklügelten Plan, um aus Santa-Fu herauszukommen. Marco und Jana haben die Geschichte mit dem berüchtigten Luden vom Kiez erfolgreich verdrängt, als Jana im Schanzenpark von einem Polizisten beim Kiffen erwischt wird. Der nimmt sie mit aufs Revier und steckt Jana in eine Arrestzelle. Marco ist verzweifelt und versucht sie mit einem Anwalt herauszuholen. Das ist für beide der Auftakt zu einer schicksalhaften Begegnung mit Shaddow und seinen Bodyguards Lutscher und Beule, die sie gezwungenermaßen immer tiefer mit in den Sumpf des Verbrechens hinabziehen.

BoD-Books on Demand, Norderstedt
Copyright © Kai-Uwe Wedel
ISBN: 978-3-746-06128-3

Revolverladyz

Explosiver Western

Nach dem amerikanischen Bürgerkrieg treiben sich in Wyoming eine Menge versprengte Outlaws aus Alabama herum. Blackjack McKinneon und sein Bruder Frank sind die Anführer einer Bande von ruchlosen Mördern und Banditen. Sie tauchen plötzlich in der friedlichen Kleinstadt Jackson auf und terrorisieren die Bewohner. Sheriff Homeland ist mit der Aufrechterhaltung von Gesetz und Ordnung überfordert. Eines Tages richtet Blackjack mit seiner Bande im Saloon ein Blutbad an, doch haben sie nicht mit dem Widerstand von den Revolverladys gerechnet. Die fünf kämpferischen und äußert attraktiven jungen Frauen um Jessie-Mie-en und Pink, ihren Geschwistern Amber und Paloma, nebst ihrer Cousine Joy, bilden ein Quintett Infernali. Sie können alle sehr gut mit Waffen umgehen und setzen diese nun präzise ein, um die wild gewordene Bande nach einem Bankraub aufzuhalten. Es kommt zum Showdown mit glühenden Colts und feurigen Gewehrläufen, um die Stadt von den Deserteuren und Banditen zu befreien.

BoD-Books on Demand, Norderstedt
Copyright © Kai-Uwe Wedel
ISBN: 978-3743164970

Der Autor Kai-Uwe Wedel konnte mit seinem vielseitigen Talent Geschichten zu erzählen auch die jüngere Leserschaft begeistern.

Die Friesenpiraten

Jugendbuch
Abenteuerroman

Die Friesenpiraten freuen sich gerade in dem idyllischen Hafenstädtchen Aalstedt auf ihren ersten Ferientag. Durch Zufall beobachtet der verwegene Oberpirat Till, als sein Opa, der alternde Seebär Käpt'n Boje, von zwei brutalen Männern auf seinem Fischkutter bedroht wird. Das ist der Beginn einer spannenden Detektiv-Geschichte, in deren Verlauf es Till und seinen neugierigen Kameraden gelingt, den zwielichtigen Machenschaften eines Immobilienhais aus Hamburg auf die Spur zu kommen. Der hat es mit seinen Spießgesellen auf die Fischklause von Boje abgesehen. Die Bodyguards schrecken vor keinem Verbrechen zurück, weder vor Brandstiftung noch vor Entführung. Allerdings haben sie nicht mit den sechs mutigen Friesenpiraten gerechnet, die den Dunkelmännern durch ihre abenteuerlichen Nachforschungen auf die Schliche kommen. Jedoch geraten sie dadurch am Ende in höchste Lebensgefahr.

Verlag: tredition GmbH, Hamburg
Copyright © Kai-Uwe Wedel
ISBN 978-3-7345-6022-4

Die Viererbande
und das Schloss der Verwandlung

Jugendbuch
Mysteriöse Detektivgeschichte

Die dreizehnjährige Lena kommt als Austauschschülerin an das Städtische Gymnasium in Schwerin. Die meisten Klassenkameraden verunsichert ihr aufgewecktes Naturell. Gleich am ersten Schultag wird sie von drei Mitschülerinnen gemobbt. Nach dem Unterricht stößt sie mit Rafael zusammen und so beginnt eine schicksalhafte Freundschaft. Wenig später werden sie beim Lernen für ein Referat am Schweriner See von mutierten Ratten angegriffen, die aus einem Geheimlabor entflohen sind. Mit der Klassensprecherin Heike und Rafael's Freund Jens gründet Lena kurz darauf die *Viererbande* und gemeinsam durchkreuzen sie die wahnwitzigen Pläne eines verrückten Professors, der mit gentechnischen Experimenten die Menschen in grüne Monster verwandeln will. Dabei hilft ihnen das Petermännchen, der Nachts im Schweriner Schloss herumgeistert und dort eine merkwürdige Entdeckung macht.

Verlag: tredition GmbH, Hamburg
Copyright © Kai-Uwe Wedel
ISBN: 978-3-7439-8670-1